NHK 100分 de 名著 ブックス

ペスト
La Peste
果てしなき不条理との闘い

アルベール・カミュ
Albert Camus

中条省平

NHK出版

はじめに――海と太陽、不条理と反抗の文学

『ペスト』（一九四七）の作者アルベール・カミュ（一九一三〜六〇）の文学には、どんなに不条理で悲惨な状況を描いても、海と太陽が救いになるような、「向日性《こうじつせい》」の魅力があります。そうした感覚は、カミュが当時フランスの植民地だったアルジェリアの、地中海沿岸の町で生まれ育った事実と切り離すことはできないでしょう。

カミュの作品はしばしば「実存主義」の名で呼ばれ、文学・思想史的に、実存主義の指導者サルトルとひと括りにされてしまうことがあります。しかし、カミュの小説とサルトルの小説は、感覚的印象がまったく異なっています。たとえばサルトルの長篇小説『嘔吐《おうと》』（一九三八）で、主人公ロカンタンは、灰色の曇り空の下、寒々しい港町でひたすら図書館に通い、物を書いたり調べたり思索したりするような日々を送っており、小説全体が閉鎖的・内向的な印象をもたらします。また、サルトルの短篇小説の代表作『水いらず』（同）では、主人公の女と男が閉ざされた空間のなかで肉体を接して向かいあい、出口のない関係を生きています。しかし、カミュは、そうした閉鎖的・内向的な

生き方を描くようなタイプの作家ではありません。

カミュの場合、たしかに人間は複雑な状況に直面して苦悩することもあるし、痛みを感じることもありますが、海や太陽といった無条件のエネルギーの巨大な源泉のようなものに出会ったときに、そこへ〝自分を開いていく〟ような感性があるのです。そうした未知のものに自分を開いていく感性の柔軟さや開放性が、カミュの小説がサルトルのそれよりも普遍的な広がりや包容力をもつと感じられる所以《ゆえん》ではないでしょうか。

実存主義という、人間の悲惨な条件を直視する哲学的傾向のなかにあっても、カミュの場合は、どこかにそうした世界の未知なる多様性がもたらす救いのようなものがあることを、まず押さえておいたほうがいいかもしれません。そこには、われわれ日本人の自然観にも通じあうものがあるのではないかと思うのです。

ただし、一口に自然のもたらす救いの感覚といっても、海と太陽とでは、カミュにとって若干ニュアンスが異なります。小説『異邦人』（一九四二）で、主人公ムルソーが不条理な殺人の動機を「太陽のせいだ」という有名な場面がありますが、太陽は、明るい光をもたらすと同時に、人殺しにまで至らせてしまうような激しさをももっており、ときとして人間の攻撃的な情念を高揚させます。かたや海のほうは、むしろそれを鎮めてくれる場所です。砂漠で灼熱の太陽と向きあえば、人間は渇いて死ぬしかありませんが、海のなかに入れば、生が解放されるような感覚を得ることができます。『異邦人』

にも、またこの『ペスト』にも、印象的な海水浴の場面が出てきて、われわれ読者に救いの感覚をもたらします。

こうしたカミュのいわば「地中海性」は、哲学的にはキリスト教以前のギリシャ哲学に遡《さかのぼ》ることができますし、カミュという作家の知性と身体の両面における重要な要素です。古代ギリシャ人の、自然と調和した汎神論的な世界観への共感と憧れは、地中海人カミュの精神と肉体の根底に息づくもののような気がします。

私がカミュの小説と出会ったのは中学一年生のときで、代表作『異邦人』を読み、強い衝撃を受けました。世界は不条理なのだという認識とともに、ちょうど純粋な反抗心にあふれた年頃でしたから、ムルソーの世間への反抗にはカッコよさを感じました。ただし、あの有名な「きょう、ママンが死んだ」（窪田啓作訳）という書き出しには面食らって、「ママン」とはいったい誰なんだろうと一瞬考えこんだものです。「ママン」とはごく普通にフランス人が自分の母親に呼びかける呼称で、日本語で「ママン」と書いたときに感じる甘ったれたおしゃれな語感はありません。中村光夫の訳語では「ママ」ですし、普通に「お母さん」とか「かあさん」などと訳してもよいと思うのですが、それぞれでニュアンスが大きく変わってきます。つくづく翻訳とは難しいものです。

さて、『異邦人』に続いて、高校生の頃に『ペスト』を読んで感動し、さらに、澁澤龍彦の本で知った革命家サン＝ジュストのことが書かれた哲学エッセー『反抗的人間』

（一九五一）の文章にもしびれました。同時に『存在と無』（一九四三）などサルトルの哲学にも惹《ひ》かれた私は、カミュとサルトルに代表される実存主義の思想に傾倒しました。

　実存主義が一世を風靡《ふうび》してから半世紀以上が経ち、いまではその衝撃力は伝わりにくいかもしれませんが、「実存は本質に先立つ」（サルトル）という思想的転換は、神や魂といった本質を人間に先行させるキリスト教的な世界観と、デカルト的な近代哲学の理性中心主義的な世界観の両方を否定する、哲学史上における途方もない革命だったのです。

　ちなみにカミュとサルトルはやがて思想的に対立し、論争の末に絶交してしまいます。当時は文学的なカミュよりも、政治的なサルトルのほうに分があるように見えました。しかしいまになってみれば、スターリンの恐怖政治へと至るマルクス主義のイデオロギーや革命による暴力や殺人を批判するカミュのほうが正しく、きわめて真っ当な感覚を有していたといえます。たとえ革命という大義のためであっても、人殺しは絶対に認めないというカミュは、左派の知識人がマルクス主義や革命を金科玉条《きんかぎょくじょう》とする時代にあって、どんなに周りから反動だと叩かれ、孤立することになっても、暴力や殺人に「否《ノン》」といい続けました。そこは人間として本当に信用できるところだと思います。

　いまあらためて『ペスト』を読み直してみると、遠いアルジェリアの町で起きた疫病の話というだけではなく、やはり震災と原発事故以降の恐怖と不安の記憶、不愉快な閉塞感の持続という現代日本の問題が重なって、その予言的なリアリティが身に迫ってきます。

とくに二〇二〇年春、新型コロナウイルスが世界中で猛威をふるい、日本でも緊急事態宣言が出され、東京オリンピックが延期に追いこまれました。そのとき、期せずして世界中の人々が、七十年以上前に書かれたカミュの『ペスト』を読もうと手に取り、世界各国でベストセラーになるという驚くべき現象が起こりました。そして、ひとりの作家がまったくの想像で書きあげた、疫病の流行下で閉塞し呻吟する世界の姿が、いままさに現実となり、そこに描かれた人間生活の細部が、コロナ禍でのリアルな出来事になっていたのです。カミュは自分の考える〈不条理〉という世界の条件をペストという災厄に象徴させたのですが、この小説に描かれるペストは、ただの象徴ではなく、まことに生々しい現実でした。これこそが、本物の小説のもつ喚起力というべきでしょう。

時代が変わっても、その時代ごとにふさわしい読みを許容する幅の広さが、優れた文学作品の条件だと思います。人間が不幸とどう闘うかということの物語は、戦争の只中で書かれ、ペストという災厄が戦争という現実と重ねて描かれていますが、それを地震のような天災や、目に見えない放射能の恐怖に置き換えて読むことも可能なのです。また災厄によって招来される社会状況の変化は、いまの政治や社会の気味悪さ、生きにくさとも深く関わるように思われます。

経済偏重の現代社会を襲う災厄のなかで、人間はどのように生きるべきなのか。この作品を通じて、そうした思考や対話のきっかけを提供することができれば、と思います。私たちは世界と人間の不条理にどう反抗し、どう乗りこえていくことができるのか——。それは、いまこそ真正面から向きあうべき大切なテーマなのではないでしょうか。

目次

※本書における『ペスト』の引用の日本語訳は、著者によるものです。

第1章——不条理の哲学

貧困と戦争のなかで

アルベール・カミュは一九一三年、フランス領アルジェリアのモンドヴィ[*1]という町で生まれました。その町の近郊のブドウ園で、フランスからの入植者の家系の出身で農場労働者だった父リュシアンが働いていたからです。その翌年、第一次世界大戦で本国に召集された父は、マルヌの戦い[*2]という激戦で戦死します。幼いカミュは四歳上の兄とともに、スペイン系の母カトリーヌに連れられ、海沿いの中心都市アルジェ（独立後の首都）の労働者街にある、スペイン領ミノルカ島[*3]出身の母方の祖母の住居で暮らします。

苦学した学生時代から、第二次世界大戦中の一九四〇年に二十六歳で植民地総督府による圧力によってジャーナリストの仕事を失うまで、カミュは前半生をアルジェの町で過ごしました。戦中、フランス本国に渡ってからも、一度故郷アルジェリアに戻って、『ペスト』の舞台となるオラン[*4]という港町で一年ほど暮らしています。

地中海人として、海と太陽の強いエネルギーを浴びて育ったことが、彼の文学的感受性に大きく影響していることは、「はじめに」で述べたとおりです。

自分にとって最も重要だったのは母（la mère）と海（la mer）である、とのちにカミュは語っています。これはフランス語の洒落《しゃれ》で、どちらも発音は「ラ・メール」なのです。詩人の三好達治[*5]も「海よ、僕らの使ふ文字では、お前の中に母がゐる。そして母よ、仏蘭西人の言葉では、あなたの中に海がある」(「郷愁」)と謳《うた》ったように、言語の違いを超えて、母と海を根源的に同じものと捉える考えには、日本人とも共通する感覚がありますね(漢字を発明したのは中国人ですが)。

『異邦人』の冒頭では、いきなり母の死が語られます。カミュは、自分にとって大切な母親の死で小説を始めることによって、主人公である語り手ムルソーの経験したつらさを強調したのではないでしょうか。読者の多くは、母の死にもかかわらず涙も流さず、恋人と戯れたり、フェルナンデル[*6]の喜劇映画を観に行ったりするところに衝撃を受けたわけですが、むしろカミュにとって母親を小説のなかで死なせることは、ある種の自己処罰的な意味あいがあったような気がします。それは自分が母親に何もしてやれなかったという罪悪感と結びついていたかもしれません。

耳が少し不自由で、発語に障害があり、読み書きもできない無知な母親は、商家などでの家政婦の仕事で疲れはて、家でも極端に寡黙でした。

一九六〇年、突然の自動車事故によってカミュが四十六歳の若さで亡くなったとき、愛用の鞄のなかに見つかった未完の遺作『最初の人間』[*7]は、みずからの少年時代をテーマにした小説でした。そこでは母親が強い愛着をもって描写されています。添えられた構想メモには、「もしこの本が最初から終わりまで母親に宛てて書かれたとすれば、理想的だ――そして最後になって読者が彼女は字が読めないことを知れば――そうだ、それこそ理想的なのだが」（大久保敏彦訳、新潮文庫）と記されていました。

生後まもない頃に戦争で父を失ったことも、カミュの人生と文学に大きな影響をあたえています。第一次世界大戦で父親が戦死したことで、彼は貧乏のどん底に叩きこまれたのでした。戦争はただの抽象的なイメージではなく、きわめて具体的な人生の条件としての悪でした。

『ペスト』で重要な意味をもつことになる一九三六年からのスペイン内戦*8も、母がスペイン系であり、自分もその血筋であることから、けっして他人事ではなく、むしろ母親の祖国の悲惨な出来事として身近に感じられたはずです。ヘミングウェイ*9のようにジャーナリストとしてのヒロイズムによって他国の戦争に関わる、というような事件ではなかったのです。

それらの戦争が、カミュの反戦と非暴力の思想を形成する大きな契機になったのはまちがいありません。戦争で父を失ったカミュは、アルジェの下町で、貧困と窮乏のなか幼少期を過ごしました。『ペスト』にこんなくだりが出てきます。

「僕は、このペストがあなたにとってどういうものなのかと思うのです」
「ええ」とリウーはいった。「果てしなき敗北です」（中略）
「そんなことを誰が教えてくれたんです、先生？」

答えはただちに返ってきた。

「貧乏ですよ」

リウーは医師であり、この小説の主人公です。リウーに作者本人をどこまで重ねてよいかという問題はあるのですが、カミュはここに自分自身の忘れがたい記憶をふと書きこんでしまったのではないかと思うのです。なぜなら、このくだりはあまりにも唐突に出てきて、かえって不自然に見えるからです。「敗北」は戦争を暗示すると解釈することもできますが、ここではカミュの人生のもっと根っこに近い経験を指しているのではないでしょうか。「貧乏」を通じて、人生が「果てしなき敗北」にほかならないことを、カミュは人生の初期に身をもって学んでいたのです。そして、その体験がカミュの文学を決定づける重要な要素だったということがここに反映している気がします。物語の読解とは別に、このように作者の実人生を窺わせるものがちらりと出てくる部分に気づくのも、小説を読む面白さのひとつだろうと思います。

貧困による生活苦のなかでカミュはなんとか進学し、彼の優れた天分に注目した小学校の担任教師のおかげで、高等中学校（リセ）[*10]の給費生となります。成績は優秀で、熱中したサッカーではゴールキーパーやセンターフォワードとして活躍しました。ところがやがて結核を発症し、以後、治癒と再発をくり返します。ちょうどその頃、リセで出会った哲学教授ジャン・グルニエ[*11]から深い思想的影響を受け、文学を志すことになります。

アルジェ大学文学部に入学したカミュは、在学中の一九三四年に二十歳で最初の妻シモーヌと結婚し、また翌年には共産党に入党します。政治に関心を注ぐと同時に劇団を創設して、俳優や演出家、劇作家としても活動を開始し、また種々雑多なアルバイトもこなしました。結婚の二年後には妻の不貞をきっかけに早くも離婚を決め、一方でガールフレンドたちとの知的で自由な共同生活をおこなうなど、青春を謳歌《おうか》してもいました。

大学卒業後の一九三七年、現地のアラブ人が組織するアルジェリア人民党[*12]を支持して、共産党と訣別しますが、演劇活動は仲間と継続。翌三八年、創作活動と並行してジャーナリストになります。創刊された日刊紙「アルジェ・レピュブリカン（共和派アルジェ）」の記者として、先輩ジャーナリストのパスカル・ピア[*13]編集長のもとで活躍しますが、第二次世界大戦の始まる三九年に当局の圧力により同紙は廃刊。姉妹紙としてカミュを編集長に据えて創刊された新聞「ソワール・レピュブリカン（共和派夕刊）」も、反戦的な論調の記事によって四〇年には発禁処分となり、カミュは当局から圧力を受け、アルジェリアでの仕事を失いパリへ渡ります。ピアの紹介で彼の勤める「パリ・ソワール」紙の割りつけの仕事を得ました。

そんななか、パリに侵攻したナチス・ドイツ軍にフランス軍は降伏。新聞社の疎開に伴ってカミュは地方を転々とし、アルジェリアから恋人フランシーヌをリヨンに呼びよせて、再婚します。そしてその頃、執筆していた戯曲『カリギュラ』[*14]、小説『異邦人』、哲学エッセー『シーシュポスの神話』[*15]という「不条理三部作」を次々に完成させました。人員整理で新聞社を解雇された彼は、翌四一年、妻の郷里であるアルジェリアのオランに移ります。

四二年六月、ついにパリのガリマール社[*16]から『異邦人』が刊行され、この小説は大きな反響を呼びました。結核が再発したカミュは、新作『ペスト』の構想を練りながら、妻とふたたびフランス本国に渡り、南フランスの高地の村で療養と執筆に努めます。妻を先にアルジェリアに帰国させ、本国に残ったカミュは、自分もアルジェリアに帰りたいと思いながらも果たせず、ピアを通じてレジスタンス[*17]の活動家と関わりはじめました。十二月には『シーシュポスの神話』も、同じガリマール社から出版されます。

四三年になるとパリでサルトル[*18]をはじめとする作家や芸術家と知りあい、彼らと交友を深めます。その年の秋にはパリに居を定め、ガリマール社の原稿審査の仕事に携わりながら、翌四四年、ピアとともに対独抵抗組織の非合法地下新聞「コンバ（闘争）」の編集・発行、記事の執筆に加わり、文筆によるレジスタンスを展開しました。やがて日刊紙となった「コンバ」の編集長になり、多忙ななかでも少しずつ『ペスト』を書き続けます。また戯曲『誤解』[*19]が上演され、スペイン出身の女優マリア・カザレス[*20]と恋仲になったのもこの頃です。

四五年の終戦を迎えても『ペスト』の執筆は終わらず、この小説が完成し、出版されたのは終戦から二年経った一九四七年でした。

戦後カミュはレジスタンスの英雄として勲章までもらいますが、彼の場合は理念のために身を捧げるヒロイックな行動というよりも、そもそも故郷に居場所がなくなってパリに行き、兄貴分だったパスカル・ピアとの人間関係からレジスタンスに加わったというのが実情のようです。自分に降りかかってきた不条理な事柄や状況を受けいれた上で、それにどう対応するかを考えた、リアリスティックで実践的な行動だといえます。そこが、サルトルのように裕福なブルジョワの家に生まれ、本を読んで勉強ばかりしていた人とは違うところで、思索の天才であるサルトルに対して、カミュには生きのびることへの天賦の才がありました。そこがとても人間くさくて、魅力的なところです。

不条理の哲学――『異邦人』から『ペスト』へ

戦争による苦難のなかで書き、刊行した『異邦人』と『シーシュポスの神話』の二冊で、カミュは「不条理の哲学」をうち立てました。過酷な戦時下において、生きるための仕事と非合法のレジスタンス、それに精力的な執筆活動とを同時に成立させていたのです。考えてみればこれはすごいことで、なんとしても書きたいという強い気持ちがなければ不可能な生き方です。

この時期のカミュの不条理論には、部分的にはよく分かるが、全体としては何をいいたいのかが分かりにくいという特徴があります。カミュはまだ「世界の不条理」と、それに対抗する「人間の不条理」とを明確に区別していないからです。

私なりに整理してみると、世界というのはまぎれもなく不条理なもので、戦争もあり、天災もあり、ペストのような疫病もあり、決定的な災厄として人間に襲いかかってきます。それは不条理、つまり、理不尽で、ばかげている。そして、そんな世界の不条理性に気づいた人間が、人間も不条理であってかまわないのではないか、とその不条理をみずから実践してしまうことがある。『異邦人』のムルソーの場合のように、母親が死んだって悲しまなくていいじゃないか、太陽のせい[*21]で人を殺してもいいじゃないか、と人間の生き方に不条理性を拡大していってしまうのです。これがおそらく、人間が不条理に対応するときの第一段階です。自殺やニヒリズム[*22]に陥る一歩手前で、どうにか踏みとどまっているという状況です。

そんな不条理の第一段階のあとに、そういう自己を客観視して、世界の不条理に気づいた人間の不条理性にさらに気づいてしまった人間が、ではその不条理をどう乗りこえることができるのか、と考える方向が生まれてきます。これが『ペスト』以降の第二段階です。そこでは世界の不条理と人間の不条理を分けて考え、そのように不条理を二重に意識した人間の生き方や行動の仕方を探求するという姿勢が打ち出されてきます。

『異邦人』は、世界の不条理と人間の不条理に気づいた人間がどう生きるかという姿勢を、まだ決定できない第一段階にとどまっています。おそらくカミュは、主人公として描いたムルソーのような人間がいてもいいとは思っていたでしょうが、全面的に肯定してはいません。ムルソーは刑務所に監禁されたまま終わり、あとは判決どおり死刑になるか、あるいは自殺するか……。『シーシュポスの神話』で、カミュは自殺を否定しています。それは世界の不条理に対する人間の敗北を肯定することになってしまうからです。世界の不条理に抗しながら生きていく道を探ってこそ人間である、とカミュは考えたのでしょう。だからムルソーのような運命を小説としては描きながらも、自分自身の生き方としては肯定していない。世界と人間の不条理の認識の先で人間はどう生きるか、という第二段階の問いに対する答えの試みが、『ペスト』なのです。

この作品は、ムルソーが唯一の主人公であった『異邦人』とは異なり、群像劇である必要がありました。つまり、人間にはいろいろな生き方があって、それぞれのいいところや悪いところを見定めた上で、はたしてどういう生き方が可能かを多面的に考えていく。そのためには、ひとりの人間だけに寄りそって、その人物にすべてのドラマトゥルギー（作劇術）を集中し、その心理や行動を解剖していくという『異邦人』の小説作法では限界があります。世界と人間の多様性を描くには、様々な人物の視点と行動が描かれる群像劇でなくてはなりません。すると当然それは長篇になり、場面転換も多く含み

カミュ 関連地図

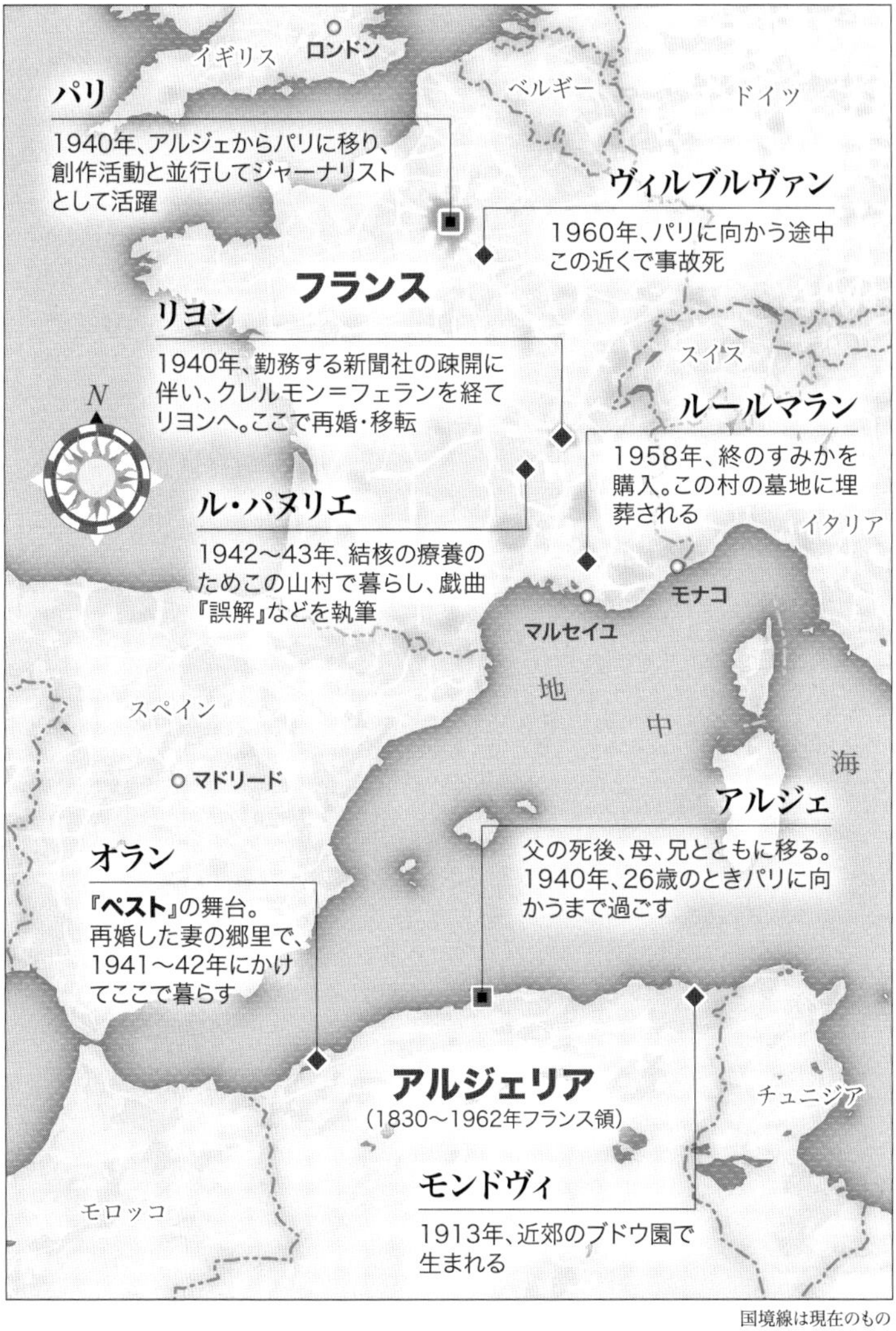
イギリス
ロンドン
ベルギー
ドイツ
パリ
1940年、アルジェからパリに移り、創作活動と並行してジャーナリストとして活躍
ヴィルブルヴァン
1960年、パリに向かう途中この近くで事故死
フランス
リヨン
1940年、勤務する新聞社の疎開に伴い、クレルモン＝フェランを経てリヨンへ。ここで再婚・移転
スイス
N
ルールマラン
1958年、終のすみかを購入。この村の墓地に埋葬される
ル・パヌリエ
1942〜43年、結核の療養のためこの山村で暮らし、戯曲『誤解』などを執筆
イタリア
モナコ
マルセイユ
地
中
海
スペイン
マドリード
アルジェ
父の死後、母、兄とともに移る。1940年、26歳のときパリに向かうまで過ごす
オラン
『ペスト』の舞台。再婚した妻の郷里で、1941〜42年にかけてここで暮らす
アルジェリア
（1830〜1962年フランス領）
チュニジア
モンドヴィ
1913年、近郊のブドウ園で生まれる
モロッコ

国境線は現在のもの

ますから、小説家としての技術的実験を強いられることになります。小説の方法論としては、ひとりの人間に寄りそう近代小説の典型的な方法ではなく、むしろ十九世紀でいえばバルザック[*23]やドストエフスキー[*24]のような、多くの人物の視点と行動が絡みあう作品に近い方法です。そうした小説が二十世紀に可能か、という挑戦でもあったのでしょう。カミュは五年の歳月を費やして、あえてそのような作品を完成させました。

『ペスト』の刊行は戦争が終わってわずか二年後のことですから、戦争とその残響を抜きにしては語れない作品です。これまでしばしば語られてきたのは、戦中のレジスタンスとの関係です。ペストとはナチス・ドイツの隠喩であり、ペストとの闘いにはカミュの対独レジスタンスの経験が反映しているという読み方です。しかし、これはおそらく倒錯した読み方です。最初にレジスタンスという英雄的な主題を描こうという意図があったわけではなく、むしろ逆で、まず、災厄が人間を襲うことの不条理性とその恐怖が、出発点になっていると思うのです。実際、『ペスト』はカミュがレジスタンスに参加する前から書かれ始めています。人間の条件の困難さ、人間は世界の不条理によって悲惨な目に遭っているという認識の集約が、たとえば戦争であり、ここではペストであって、その衝撃が彼に『ペスト』を書かせている。結果的に登場人物たちの行動がレジスタンスのように見えたとしても、戦中のカミュのレジスタンス経験を反映していると考えてしまうと、それは単なる寓話化に過ぎなくなってしまいます。

もちろん明らかにカミュ自身の経験に由来する挿話もありますが、世界の不条理が人間を襲う最も典型的な例として天災があり、それを具体的に「ペスト」という形で描くことで、人間がその不条理をどう乗りこえることができるか、あらためて問い直そうとしたと考えるべきでしょう。

天災と人間――アンチ・ヒューマニズム

『ペスト』の物語は、アルジェリアの港町オランに「奇妙な事件」が起きるところから始まります。まずオランの町についての記述があって、こんな風に語られます。

ある町を知るのに適当なひとつの方法は、人々がそこでどんなふうに働き、愛しあい、死んでいくかを探ることだ。

「どんなふうに愛しあうか」は、「愛欲の行為といわれるもののなかでせっかちに貪りあうか、もしくは、二人きりの長い習慣のなかにはまりこむか」のどちらかです。「どんなふうに死ぬか」といえば、「病人はここでは完全にひとりぼっち」で「乾ききった場所」で「不愉快」に死んでいく。そして、「どんなふうに働くか」については、ここの市民たちは一生懸命働くが、それはつねに金を儲けるためだ。

と書かれています。これらの簡潔な記述が描き出すのは、まさに現代社会そのものです。愛は刹那的なセックスと惰性的な夫婦生活に、死は人工的に隔離された非人間的なプロセスに、労働はただの金儲けに変化しているのです。この変化はカミュの時代にはまだそれほど顕在化していなかったはずですが、カミュは透徹した視線で、現代へと直結する人間と社会の変化を、この町に見ているのです。

新聞を開けばまず経済のことが目に入るし、お金をどう儲けるか、どう裕福になるかということばかりに言及する世界になってしまっている。娯楽はあるけれど、文化よりも物質的な繁栄にしか関心が向いていない。そういう世界では、お金という目的がなくなったとき、人々がどう生きるべきか分からなくなってしまうのです。『ペスト』は、町全体の監禁状態を描いた作品ですが、その町で経済活動ができなくなってしまったときに、人間ははたしてどう対応するのか、という報告書でもあります。この点も、『ペスト』という小説がもつ、きわめて現代的な意義ではないでしょうか。地震や原発事故が起きたり、疫病が流行したりして経済システムが停止したらどうなるのか？　日本が置かれた状況ともそっくりです。

そもそも植民地というのは経済的利益の搾取のために他国による支配がおこなわれて

いる場所ですから、その意味では植民地の都市が経済最優先であるのは当然のことともいえます。そんな商業都市を舞台に設定することで、遠い北アフリカ沿岸の港町の話でありながら、じつは身近な現代社会そのものが描かれている点をまず確認しておきましょう。

さて、その舞台で、登場人物たちが順番に描かれます。

「四月十六日の朝、医師ベルナール・リウーは、診療室から出て、階段口の真ん中で一匹の死んだネズミにつまずいた」。リウーはそのことを門番のミシェル老人に注意します。その夕方、今度はネズミがアパートの廊下に現れ、きりきり舞いをして、口から血を吐き死んでいくのをリウーは見ます。

翌日、リウーは高地へ転地療養に旅立つ病気の妻を駅で見送り、そこで予審判事のオトン氏が小さな男の子を連れているのに出会い、挨拶を交わします。さらにその日の午後、医師リウーのもとを、パリから来た若い新聞記者ランベールが訪問し、町の衛生状態について取材します。

次に登場するのはタルーという青年で、アパートの階段で会ったリウーとネズミの出現について話をします。やがて町中のいたるところで、ネズミの大量死という「奇妙な事件」が続々と発生し、人々は不安になりはじめます。

リウーは、司祭のパヌルー神父に体を支えられて歩いている門番のミシェル老人に会います。老人は具合が悪そうで、ぜいぜい息を切らしています。それからリウーは、市役所に勤める初老の下級役人グランに呼び出され、アパートの自室で首吊り自殺をしようとして隣人グランに助けられたコタールという男の手当てをします。あとでしだいに分かってくるのですが、このコタールという男は小悪党で、過去の犯罪が露見して、逮捕されることに怯えている人物です。

　その夜、リウーが門番の老人を往診すると、老人は高熱を出しており、「頸部のリンパ腺と四肢が膨れあがり、脇腹に二つの黒っぽい斑点が広がって」いました。次の日の午後、老人の奇怪な病は急激に悪化し、死亡します。この門番は一筆書きで簡潔に描かれていますが、もし映画化されていたなら往年の怪優ミシェル・シモン[*25]に演じてもらいたかった、印象的な人物です。門番の死以来、同様の死者が続出し、人々の驚きと不安は恐怖へと変わっていきます。

　ここであらためて、タルーという人物が紹介され、彼が手帳に詳細な観察日誌を綴り、それが事件の記録となっていることが語られます。タルーは、数週間前にオランのホテルに居を定めた裕福な青年で、娯楽を愛好し、リウーと同じアパートの最上階に住むスペイン人のダンサーたちのところへもよく遊びに来ていました。

「記録」はこの小説の重要なテーマのひとつです。タルーは客観的な記録者ですし、またほかにも「書く人」として、記者ランベールや役人グランが登場します。そして、このことはあとで触れますが、『ペスト』は最後に、この物語全体が誰によって書かれたのか、という種明かしで終わるのです。つまり、『ペスト』は、この小説がいかに書かれたかということについての小説でもあるわけです。
数日のあいだに謎の熱病による死亡例は急増します。リウーはオラン市の医師会会長リシャールに新たな患者の隔離を要請しますが、リシャールは「自分にはその資格がない」といって断ります。老医師カステルはリウーを訪ね、以前見たことのある症例の話をして、「ただ、みんなはその病名をはっきりさせる勇気がなかったのさ」と語ります。リウーは「ほとんど信じられない。でも、これはおそらくペストですね」と答えます。

「ペスト」という言葉が、たったいま初めて発せられた。（中略）じっさい、天災はよくあることだが、それが自分の頭上に降りかかってきたときには、そう簡単には信じられないものだ。この世には、戦争と同じくらいのたくさんのペストがあった。だが、ペストや戦争がやって来るとき、人々はいつも同じように無防備な状態にあった。（中略）戦争が勃発すると、人々はこういう。「こんなことは長くは続かない。あまりにもばかげたことだから」。そして、たしかに戦争はあまりにもばかげたことだが、だからといって長続きしないわけではない。ばかげたことはつねにしつこく続くものであり、人々がいつも自分のことばかり考えていなければ、そのことに気づくはずなのだ。

ここで戦争とペストの等価性が打ち出されます。さらに続いて、

彼らは人間中心主義者《ヒューマニスト》だった。つまり、天災などというものを信じていなかったのだ。だが、天災は人間の尺度では測れない。それゆえ人間は天災を非現実的なものだと見なし、まもなく過ぎ去る悪夢だと考える。だが、天災は相変わらず過ぎ去らないし、悪夢から悪夢へと、人間のほうが過ぎ去っていく……（後略）

こんな具合に、「ヒューマニズム」の問題が提起されています。ここでいうヒューマニズムは、ルネサンスの人間主義（人文主義）*26とは違います。ルネサンスの人間主義は、キリスト教の神による支配とカトリック的な世界観に対する一種の反抗でした。ところがその後、近代的合理主義の世界が確立して人間が大きな顔をするようになり、人間の価値観こそがすべてだという考えが一般化してしまいました。それがカミュのいう、現代における「人間中心主義」なのです。

サルトルは逆説的に「実存主義*27はヒューマニズムである」といいましたが、それは実存主義が人間の悲惨さばかりを強調するといわれたことに対して、あえて反駁《はんばく》するため

でした。サルトルは、人間が最高の価値であり、それ自体が究極の目的であると過信する旧来のヒューマニズムを批判して、人間がたえずみずからを主体的に批判し形成し直していく新たなヒューマニズムを唱えたのでした。

カミュは、人間は世界の一部にすぎないということをたえず考え続けた人でした。そうした考え方と近い感覚をもっていたのが、カフカです。[*28] 有名な「君と世界との戦いでは、世界を支援せよ」というカフカの言葉[*29]は、自分が正しいと思いこんでしまった人間に対して、人間を超える世界の大きさ、深さを考えよ、そして、それを畏怖せよということを意味しています。人間は世界の一部でこそあれ、世界と対抗できる存在だと思いあがってはならない。人間にとって不条理や悲惨として立ち現れることもある世界の、圧倒的な不可解さや多様性を前にしたとき、人間は謙虚であらねばならない。それはまさに震災や原発事故、コロナ禍以降の私たちにとって、きわめて直接的に迫ってくる、人間中心主義としてのヒューマニズムへの根源的な批判だといえるでしょう。

また、天災と対立する概念として「自由」を考えているところも重要です。

ペストという、未来も、移動も、議論も消し去ってしまうものを、どうして考えることができただろうか。人々は自分が自由だと信じていたが、天災が存在するかぎり、誰も自由にはなれないのだ。

つまり、天災によって人間はみずからの不自由さを極限の形で思い知らされるわけであり、それは自由という人間の条件に対する根本的な反省です。自由は、ただそこに存在するという人間のあり方を受けいれるだけでは可能になりません。『ペスト』という小説は、人間がいかにして自由でありうるかという問いに対する回答の試みでもあります。ここでは天災という主題から、それに逆らうための反人間中心主義や、何よりも自由に大きな価値を置く哲学が導き出されてくるのです。

官僚的な法と行政――追放と監禁

医師リウーは県庁で会議を開いてもらい、そこでいかにも官僚的な姿勢を代表する医師会会長リシャールと対立します。法や行政は、現実より形式的な言葉のほうを大切にしますから、ペストがもたらす災厄への対応ではなく、ペストという言葉をどう定義するかとか、その言葉がどういう影響をもたらすかといったことばかりを議論しています。カミュはそんな官僚的な言葉を徹底して皮肉に描くことで、強い批判をおこなっています。

医師たちは相談しあい、リシャールが最後にこういった。

「つまり我々は、この病気がまるでペストであるかのようにふるまう責任を負わなければならないわけだ」

このいいまわしは熱烈に支持された。(中略)

「いいまわしは、どうでもいいんです」とリウーはいった。「ただ、これだけはいっておきましょう。我々は、まるで市民の半数が死なされる危険がないかのようにふるまうべきではない。なぜなら、そんなことをしたら、人々はじっさいに死んでしまうからです」

現代において、天災はつねに法や行政の対応と結びついています。ですから、たんに個人のヒロイックな行動では対応できない。そんなもどかしい現実を冷静に描いているところが、小説家カミュの優れたところです。小説の焦点は物語の進展につれて、しだいにリウーやタルーといった個人の考えや行動に移っていきますが、はじめの部分では社会の大きな政治的枠組みをしっかり押さえています。それにしても、事なかれ主義の医師たちに対するリウーの鋭い切りかえしには胸がすく思いがします。日本の官僚や政治家たちにも聞かせたいセリフです。

リシャールは、「この病気を阻止するためには、それが自然に終息しない場合、あらかじめ法律で定められた重大な予防措置を適用する必要がある。そのためには、これがペストであることを公式に認めなければならない。しかし、その確実性は絶対とはいえない。したがって慎重な考慮を要する」と弁論を展開します。しかし、リウーはこう反論します。「問題は、法律で定められた措置が重大かどうかではない」。法律が現実に優先するという愚劣な官僚主義への痛烈な批判です。

死者の数はうなぎ上りに増加し、ようやくペストという病名が認められるのは、責任を回避していた県知事のもとに電文が届き、植民地総督府からの命令が下されたときでした。「ペストの事態を宣言し、市を閉鎖せよ」。つまり、市を丸ごと閉鎖し、ペスト地区として隔離せよという命令です。

かくして、ペストがわが市民に最初にもたらしたものは、追放状態だった。

「追放」という意外ないい方をするところが、カミュの面白さです。たしかに、災厄が起こったときに人間が追放状態になるというのは、とてもリアルです。病人や死者という直接の被害者だけでなく、残された多くの人々もまたある種の追放と監禁の状態に置かれ、そこから逃げ出すことができなくなるのです。これは災厄に襲われた人々や地域を考えるとき、外から想像するよりも、ずっと内側に深く入りこんだ感覚です。この作品がただの寓話ではなく、強いリアリティをもっているのは、こういう鋭い細部によってなのです。

天災によって追放され、監禁された人々は、「みずからの現在に苛立ち、過去に敵対し、未来を奪われた」時間の監獄の囚人となってしまう。こうした表現の妙にも、カミュの小説家としての想像力が、きわめて鋭敏に働いていることが分かります。しかも、その結果どうなるかというと、

こうした極限の孤独のなかでは、結局のところ、誰も隣人の助けを期待することはできなくなり、それぞれがひとりぼっちで自分の悩みと向かいあうのだった。かりに我々のなかの誰かが、ふと、自分の気持ちをうち明けたり、話そうとしたとしても、話し相手から受けとる返事は、それがどんな返事だろうと、たいてい彼の心を傷つける。それで彼は、相手と自分が同じことを話していなかったことに気づくのだ。

まことに驚くべき洞察力です。災厄が起こったら連帯しなければ、と私たちは思うわけですが、それは容易なことではない。むしろ、単純な連帯を不可能にするほど悲惨な状態こそが災厄であることを、カミュははっきりと見抜いています。そしてこの「連帯」の問題は、物語の展開にとっても、また思想的にも、とても重要なポイントになっ

てきます。

ペスト第一段階の人々――幸福と理念の対立

市の出入り口には衛兵が配置され、港も閉鎖されて、オラン市は陸路からも海路からも完全に孤立しました。しかし、市民たちは「見たところ自分の身に起ったことを理解できず」、「相変わらず個人的な関心事を第一に考えて」いました。あたかも休暇に似た状態となり、娯楽を提供する映画館やカフェはかえっていつもより繁盛します。

そんななか、リウーは新聞記者ランベールと再会します。ランベールはオランの町が閉鎖されたことで、恋人と暮らしていたパリに帰れなくなってしまったのです。彼は自分が病気に感染していないという証明書を書いてくれるようリウーに頼みますが、リウーは「この町にはあなたのような事情の人が何千人もいます。しかし、その人たちを町の外へ出すわけにはいかないのです」と断ります。たしかに「ばかげた話です」、「しかし、これは我々すべてに関わることなんです」と。ランベールがいくら恋人のもとに戻ることを望んでも、リウーは医師として、万が一にも感染の可能性のある彼をフランス本国に戻すことはできません。「なすべきことをなす」役目を果たさねばならないというのです。

対するランベールは、「あなたが語っているのは、理性の言葉だ。あなたは抽象の世

『ペスト』の舞台となった地中海に面した町、アルジェリアのオラン(1975年頃)

界にいるのだ」と反発します。これにリウーは、自分はただ「明証性の言葉」を話しているのだ、と答えます。

この会話は一見、感情か理性かという単純な対立のように見えます。しかしそれだけではなく、じつは少々厄介で分かりにくい哲学論をはらんでいるのです。

そう、ペストは、抽象と同じく、単調だった。

ランベールとの対話の少しあとにふと出てくるこの不思議な一行は、「あなたは抽象の世界にいる」というランベールの批判の言葉を受けています。しかし、この「抽象」とは、いったい何を意味するのでしょうか。

カミュには、一つの概念に、性質の異なる二つの意味を重ねる傾向があります。「抽象」にも二つの意味があります。まず一つ目の意味は、「理念」です。医師リウーの場合でいえば、人間の健康を保つという行動の指針としてもつべき理念が、実際には非現実的であるために「抽象」として認識されている。二つ目は、「ペスト」というあまりにも途方もない出来事そのものが「抽象」、つまり非現実的であるということです。ですから、リウーにとって、抽象と闘うためには、多少抽象に似なければならない。

ということになるのです。つまり、ペストというほとんど非現実的な災厄と闘うためには、理念という非現実的に見えるもので対抗するしかない。そんなリウーの「抽象」は、ランベールの個人的な「幸福」とは相反するものです。

しかし、「抽象が幸福よりも強いものになることがあり、その場合には、そしてその場合にのみ、抽象を考慮に入れなければならない」のです。

幸福とは、たとえば愛する恋人と一緒にいることですが、ペストという抽象と闘うためには、そんな個人の幸福を否定しなければならない局面もあるのです。

「個人の幸福とペストの抽象との陰鬱な闘い」という言葉も出てきますが、ペストの抽象性はリウーの理念の抽象性とも同じレベルにあり、両者は対応しあっています。個人的な幸福にしがみつこうとしても、災厄の絶対的な大きさに対してはどうにもならず、理念を幸福に優先させなければならないことがあるのです。

人々が個人的な幸福にしがみついているペストの第一段階はしばらく続きます。しかし、次章では、よりダイナミックな対話によって、ドラマが大きく動きはじめます。

＊1　モンドヴィ
チュニジア国境に近いアルジェリア北東部、地中海岸から三十キロほど内陸にある町。独立後、名称は「ドレアン」とアラブ名に変わった。

＊2　マルヌの戦い
開戦間もない一九一四年九月、パリ東方のマルヌ川河畔で、殺到するドイツの大軍をフランス軍が食い止めた一連の戦闘。ドイツの短期決戦計画は挫折し、戦争は長期化した。

＊3　ミノルカ島
地中海西部の島、「メノルカ島」の英語読み。マヨルカ（マジョルカ）島などとバレアレス諸島を構成する。支配には変遷があったが、十九世紀初め以来、スペイン領となっている。

＊4　オラン
アルジェリア西部、地中海に面する同国第二の都市。十世紀にイスラム教徒が建設。フランスの植民地時代（一八三〇〜一九六二）には、鉱・工業製品の輸出入港として発展。周辺にはヨーロッパ人が多数入植した。

＊5　三好達治
一九〇〇〜六四。詩人。モダニズムの手法を取り込んだ現代抒情詩で、日本の伝統詩の新しい展開をはかった。詩集『艸《くさ》千里』『一点鐘』など。詩「郷愁」は第一詩集『測量船』（一九三〇）所収。

＊6　フェルナンデル
一九〇三〜七一。フランスの喜劇俳優。寄席芸人の子で、幼い頃から舞台に立つ。五〇年代の映画シリーズで演じた陽気な田舎司祭ドン・カミロが、最大の当たり役となった。

＊7　『最初の人間』
一九九四年（没後三十四年）刊行のカミュの遺著。亡き父親の生の軌跡をたどろうとする発端

から、自伝的要素が強い。書名は、頼れる人間もいないままに、自分一人で成長していく人間の含意と解される。

＊8 スペイン内戦

一九三六～三九。スペイン共和国の人民戦線政府に対し軍部・右翼勢力が反乱蜂起して起きた内戦。ドイツ・イタリアの援助を受けた反乱軍が勝利し、フランコ将軍が統領として長期独裁体制を築くこととなる。

＊9 ヘミングウェイ

一八九九～一九六一。アメリカの小説家。『日はまた昇る』（一九二六）で評価を確立。三七～三八年、新聞特派員としてスペインに渡り内戦を取材。その経験をもとに、反ファシスト軍に参加したアメリカ青年の戦いと恋と死を描いた小説『誰がために鐘は鳴る』（四〇）を書いた。

＊10 高等中学校（リセ）

国立の中等教育機関（一八〇二年設置）。フランス人の子弟に古典人文教養を授ける機関として、フランスの学校制度の中枢とされた。カミュが通ったリセ・ビュジョーは一八三三年設立のアルジェで最も古いリセ。

＊11 ジャン・グルニエ

一八九八～一九七一。作家・思想家。各地で哲学・文学を教えつつエッセー・小説を書く。一九三二～六〇年にカミュとの間で交わされた二四〇通にのぼる書簡を集めた『カミュ＝グルニエ往復書簡』（八一）がある。

＊12 アルジェリア人民党

アルジェリア生まれの民族解放主義者・人民社会主義者のメッサリ・ハジが一九三七年に組織した民族主義政党。貧困地区で大きな支持を得るに及び、共産党はハジを「封建的支配階級の代表」と非難し、敵対した。

＊13　パスカル・ピア
一九〇三～七九。フランスのジャーナリスト・詩人。カミュに絶大な援助を与えたこの先輩を、カミュは「兄」のように信頼し、『シーシュポスの神話』（一九四二）を捧げている。

＊14　『カリギュラ』
実在のローマ皇帝カリギュラ（在位三七～四一）をモデルにした戯曲。一九四五年初演。皇帝カリギュラは妹で愛人のドリュジラの死を契機として、〈人は死ぬ〉という不条理に目覚める。神々の残酷さに肩を並べるため、彼は暴君となり、反抗を押し進めようとするが、暗殺される。

＊15　『シーシュポスの神話』
初期の哲学的エッセー（一九四二）。人間存在と世界との関係を〈不条理〉と捉え、これが人間にとっての出発点であり、この出発点を不断に意識して行動することにより、初めて人間的意味が生まれてくると説く。

＊16　ガリマール社
フランスを代表する文芸出版社。一九一一年、ガストン・ガリマールを責任者に、文芸誌「新フランス評論（N・R・F）」の出版部として発足。ジッド、プルースト、サルトル、マルロー、フーコーらの著作を出版。

＊17　レジスタンス
〈抵抗〉を意味するフランス語。固有名詞としては、第二次世界大戦中、枢軸国（とくにナチス・ドイツ）占領下の諸国・諸地域（とくにフランス）において、主として民間人がゲリラ的手法で占領支配に抵抗した運動を指す。

＊18　サルトル
一九〇五～八〇。フランスの哲学者・小説家・劇作家。第二次大戦直後、「実存主義」を提唱。また「アンガージュマン（社会参加）」を説き、のちマルクス主義に接近。哲学論文『存在と無』『弁証法的理性批判』、小説『壁』『自由への道』、

戯曲『悪魔と神』『出口なし』など。

＊19 『誤解』

戯曲。一九四四年初演。田舎で小さなホテルを営むマルタと母親は、この地平線のない日陰の国から、太陽と海の国に行く金を得るため、いつものように旅人を殺す。しかしじつは旅人は成功して戻ってきたこの家の息子だった。母親はあとを追って死に、残されたマルタは、自分の犯した罪に苛まれたまま、この世を呪う。

＊20 マリア・カザレス

一九二二〜九六。スペイン生まれの女優。人民戦線政府（三六年成立）初代首相カザレス・キローガの娘。スペイン内戦でパリに亡命、女優の道に。舞台のほか、『天井桟敷の人々』『オルフェ』などの映画にも出演。

＊21 「太陽のせい」

「裁判長は……あなたの行為を呼びおこした動機をはっきりしてもらえれば幸いだ、といった。私（主人公ムルソー）は、早口にすこし言葉をもつれさせながら、そして、自分の滑稽《こっけい》さを承知しつつ、それは太陽のせいだ、といった。」（窪田啓作訳）

＊22 ニヒリズム

虚無主義。あらゆる既成の宗教的・道徳的・政治的権威、あらゆる既成の社会的秩序とそのイデオロギーに対する無条件の否定の立場をいう。この意味でのニヒリズムは、ロシアの作家ツルゲーネフがラテン語のニヒル（虚無）から造語した「ニヒリスト」（『父と子』一八六二）に由来する。

＊23 バルザック

一七九九〜一八五〇。フランスの小説家。近代化という社会変動の時代を生きる市民の、さまざまな欲望とエネルギーを描いた文豪。『ゴリオ爺さん』『谷間の百合』『幻滅』などほぼすべての小説を《人間喜劇》の総タイトルのもとにまとめた。

＊24　ドストエフスキー
一八二一～八一。ロシアの小説家。農奴制的旧秩序が資本制的関係に転換しようとする過渡期のロシア社会を背景に、「魂のリアリズム」と呼ばれる独自の方法で人間の内面を追求、その後の文学と思想に深甚な影響を及ぼした。『罪と罰』『白痴』『悪霊』『カラマーゾフの兄弟』など。

＊25　ミシェル・シモン
一八九五～一九七五。スイス・ジュネーブ生まれのフランスの俳優。『素晴らしき放浪者』(ジャン・ルノワール、一九三二)、『アタラント号』(ジャン・ヴィゴ、三四)、『霧の波止場』(マルセル・カルネ、三八)、『旅路の果て』(ジュリアン・デュヴィヴィエ、三九) などの映画に出演した。

＊26　カトリック
カトリックとは普遍的・世界的・全体的を意味する言葉 (ギリシャ語源) で、初期キリスト教会の正統を継ぐカトリック教会が、全人類のための唯一の救いの機関であることを示す表現。一般に「ローマ・カトリック教会」およびその信徒をカトリックと呼ぶ。

＊27　実存主義
哲学者サルトルが提唱した〈人間は普遍的本質をもち得ず、実存 (事実存在) から出発して自らの可能性を主体的に切り開いていくほかはない〉とする思想。また一般に〈存在に対する不安〉を出発点とする文学を「実存主義文学」と呼ぶ。

＊28　カフカ
一八八三～一九二四。チェコ・プラハ生まれ、ユダヤ系のドイツ語作家。役所勤務のかたわら『変身』などの中短篇小説を書くが、結核で死去。生前は特異な表現主義でのみ知られたが、没後、

『審判』『城』などの長篇小説が公刊され、シュルレアリスム、実存主義の先駆者とされた。

＊29　カフカの言葉

おそらく一九一八年に、ノートからカフカ自身が選び出して清書した、百篇前後のアフォリズム集のなかの一篇。別訳では「お前と世界との決闘に際しては、世界に介添えせよ」（吉田仙太郎訳）

第2章―神なき世界で生きる

災厄は天罰か……？

ペストという災厄にリウーは「抽象」を見ましたが、そこに宗教的な「真理」を見る人もいました。

町の教会は祈禱《きとう》週間を催し、イエズス会士[1]の司祭であるパヌルー神父が聖堂で説教をします。その第一声は、「わが兄弟たちよ、あなたがたは災いのなかにいます。そして、それは当然の報いなのです」という痛烈なものでした。続けてパヌルー神父は「エジプトのペストに関する『出エジプト記』の記述[2]」を引用して、「神の災厄」が人々を跪《ひざまず》かせるのだといいます。

「今日、ペストがあなたがたに関わるようになったのは、反省すべき時が来たということなのです。心正しい人は恐れることはありません。しかし悪しき人々は震えおののく必要があるでしょう。宇宙の広大な穀倉のなかで、情け容赦のない災厄の殻竿《からざお》は人間という麦を打って、麦の粒が藁から離れるまでやめないでしょう」

ここで「災厄の殻竿」という言葉が出てきますが、フランス語では一語で fléau（フレオー）といい、「災厄」と「殻竿」の両方の意味をもっています。もともとこの言葉は麦を打って殻を外し、脱穀するための道具「殻竿」を指すものですが、語源的には「鞭《むち》」を意味しています。ですから、「災厄」には、「殻竿」のように神が天から人間に向けて振りおろす「鞭」というイメージが生じるわけです。

> 要するにこの説教は、ある人々にたいして、それまで漠然としていた考えをはっきりと感じさせたのだ。つまり、自分たちは何か知らない罪を犯したために有罪を宣告され、想像を絶した監禁状態に服役させられているという考えである。

　カトリック的な土壌のない日本でも、同様ないい方として「天罰」があります。東日本大震災が起こったときに、当時東京都知事だった石原慎太郎氏[*3]が黙示録[*4]的な意味で「天罰」だと語り、議論を呼びました。何の理由もなく災厄を受けた人々が、それが自分に降りかかったことに必然性があったと思わされてしまう。そんな力をもつ言葉の恐ろしさ、危険性を、カミュは的確に押さえています。

　そんなパヌルー神父の説教を受けて、観察者であり記録者でもあるタルーは、志願者による保健隊を結成するために医師リウーと長い対話をおこなったとき、「パヌルーの説教についてどう考えますか、先生？」と尋ねます。リウーは「病院のなかばかりで暮らしてきたので、集団的懲罰などという考えは好きになれませんね」と答えます。たしかにパヌルーの考えを拡大すれば、普通の病気も神の罰かもしれず、病人は罪人ということになりかねません。タルーはまた質問し、

「神を信じていますか、先生?」（中略）

「いいえ。（中略）私は暗い夜のなかにいます。そのなかで明るく見きわめようと努めているのです」

とリウーが答えます。ランベールからは「抽象の言葉」だと批判されたけれども、リウーにとっては大事なことが語られていきます。そして、自分が神という観念をどうして拒否しなくてはならないのかという、リウーなりの回答がなされます。

「なぜ、あなた自身はそんなに献身的になれるんですか、神を信じていないのに?」

（中略）

医師は、（中略）もし自分が全能の神を信じていたら、人々を治療するのをやめて、人間の面倒をすべて神に任せてしまうだろうから、といった。

つまり、神という観念を信じてそれに頼ってしまうと、結局人間の責任というものが

なくなってしまう。前章で、カミュの反人間中心主義の立場について触れましたが、ここでリウーは、神ではなく人間の側に立つために、無神論を選択しています。その意味では、「実存主義はヒューマニズムである」と宣言したサルトルの立場に近いといえます。

　フランスをふくめたヨーロッパの多くの地域は、カトリック的な土壌の上になりたっていますから、そこではつねに神が問題となります。侵略や圧政的支配の歴史のなかで、絶対的な力をもつ神が存在し、いつか悪しき支配者たちを罰し、自分たち犠牲者の味方をして救ってくれるというルサンチマン（怨恨）[*5]の感情が、一神教のメンタリティ（精神性）を根底で支えています。『チャタレイ夫人の恋人』[*6]で知られる作家D・H・ロレンス[*7]は、こうしたキリスト教的な思考を批判しました。そのように全能の神が人々の最終的な救いの拠りどころとして作用しているキリスト教的ヨーロッパで、カミュはそうした精神の支配と闘ったわけです。もちろんその闘いは困難で、いまだ勝つことは容易ではありません。

　リウーは、医師でもないのに命を賭してペストと戦おうとするタルーに、逆にこういう質問を放ちます。

「ねえ、タルーさん」とリウーはいった。「いったい何が君をそうさせるんです、こんなことをひき受けるのは？」

「分かりません。僕の倫理かもしれません」

「どんな倫理です？」

「理解することです」


「倫理」の原語はmoraleです。普通は「道徳」と訳しますし、じっさい、新潮文庫版の訳者である宮崎嶺雄氏は「道徳」と訳しています。しかし、「道徳」だと善悪の判断という意味あいが強くなってしまいます。「倫理」と訳しても善悪のニュアンスが消えるわけではありませんが、モラルはもともと善悪とは直接関係はなく、語源的にはmœurs（風習）に近い「行動様式」や「意志」を表す抽象的な言葉です。

それはともかく、タルーのいう「理解すること」と、リウーの「明るく（明晰に）見きわめること」という行動様式（モラル）がここで通じあい、二人はこの点で一致して、行動に向けて手をつなぐことができました。それは、神なき世界での実践ということになります。

アンチ・ヒロイズム——できることをする

タルーはさっそく翌日から仕事にとりかかり、有志を集めて保健隊を結成します。それは献身的で美しい行為の実践でした。ところが、ここでカミュはあえて、美しい行為を過剰に賛美することを警戒し、その傾向に歯止めをかけようとしています。

しかし、この物語の語り手はむしろ、美しい行為に過大な重要さをあたえることは、結局、間接的だが強力な賛辞を悪に捧げることになる、と考えたくなるのだ。なぜなら、その場合、美しい行為がそんなに価値をもつのは、そうした行為が稀であり、悪意と無関心のほうがはるかに頻繁に人間を行為に追いやる原動力だからだと思わざるをえない。だが、そんな考えかたをこの語り手は認めない。世界に存在する悪は、ほとんどつねに無知に由来するものであり、善意も、明晰な理解がなければ、悪意と同じだけの害をなすことがありうるのだ。人間は邪悪であるよりむしろ善良だが、真実をいえば、そのことは問題ではない。

つまり、人間の行為を美醜で判断し、それを善悪の問題に還元するのは危険だということです。たとえ善意から発していても、結果として悪に結びついてしまう行為はあるし、その逆もありうる。美徳も悪徳も、どちらも人間の無知から生じうることに変わりがないというのです。この冷徹な考え方によって、『ペスト』はけっして勇敢さの美談ではないし、特別に強い精神をもった主人公による美しいヒロイズムの物語ではない、ということが分かります。これはむしろアンチ・ヒューマニズム、アンチ・ヒロイズムの小説であって、英雄主義に対する懐疑は随所で言及されています。かくして、この一節の結論として、

可能なかぎりの洞察力がなければ、真の善良さも美しい愛もない。

と書かれます。「洞察力」はフランス語では clairvoyance、つまり「clair（明るく）voyance（見ること）」で、先ほどのリウーの「明るく見きわめる（voir clair）」と同じことを意味しています。タルーの尽力によって実現した保健隊の行動についても、まずは客観性をもって、明確に見ることを忘れてはならないということです。

たとえば災厄と戦うに際して「がんばることは美しい」といった言説が語られることが往々にしてあります。しかし、「がんばらない」「がんばれない」人にとって、「がんばる」ことの賛美が一面では抑圧にもなることを見なくてはいけない。このカミュの強い言葉は、そんなごく日常的な教訓としても読むことができるでしょう。

さて、アンチ・ヒロイズムを代表するような人物として、小役人のグランといういささか滑稽な人物が登場してきます。グランは役所勤めのかたわら、小説を書くことに熱中しています。ところがその実態は、冒頭の一文をくり返し際限なく書き直し続けるこ

とでした。その一方で、彼は志願して保健隊に加わります。

グランというどこにも英雄的なところのない男が、いまや保健隊のいわば事務の要の役割を果たすことになった。（中略）

語り手はこの点から見て、リウーやタルー以上に、グランこそ、保健隊の原動力であるあの静かな美徳の本当の代表者だったと考えている。グランはいつも自分そのままの善意をもって、ためらうことなく「いいよ」といった。彼が望んだのは、ただささやかな仕事で役に立ちたいということだけだった。

このいかにもその辺にいそうな凡庸きわまる人物こそ、ただ自分にできることをするという「静かな美徳」を備えた、「とるに足らない地味な」ヒーローであったというのです。読者は、このヒーローが自分と変わらないありふれた人物として造形されていることに共感します。こうした人物を挿話的に配し、主筋と巧みに絡ませて活躍の場をあたえていることは、群像劇としての『ペスト』の真骨頂だといえるでしょう。

このグランという凡庸な人物や、また犯罪者であり、ペストによる騒ぎのおかげで逮捕を免れたことを喜んでいるコタールのような悪人を描くことで、この小説は豊かな厚みをもつことになります。コタールも印象的な人物で、彼の悪をただ断罪したり揶揄《やゆ》したりするのではなく、そのしたたかさと臆病さを、距離を置いて説得的に描き出しています。カミュは「凡庸さ」や「悪」というものを、単純に否定的に捉えてはいません。むしろグランのような人物を通して、凡庸さの美点を肯定しているところに、カミュという作家の懐の深さがあります。

理念は人を殺す

次に見るランベールの挿話もまた、ヒロイズムの問題と密接に関わっています。恋人のいるパリへどうしても帰りたい記者のランベールは、配給物資の密輸に関わっているコタールに頼んで、スペイン系の怪しげな組織に属するチンピラたちの手配で非合法に町を脱出しようとしていました。ところがその計画は、あと少しというところで何度も失敗します。

疲れはてたランベールは、ある晩、リウーとタルーを部屋に招きます。

「いいですか、先生」とランベールはいった。「僕もあなたたちの保健隊のことはずいぶん考えました。僕があなたたちと一緒にやらないのは、僕なりの理由があるからです。ほかのことなら、今でも体を張ってできるつもりです。スペイン戦争もやりましたから」

「どちらの側で?」とタルーが尋ねた。

「負けたほうです。しかし、それ以来、僕はすこし考えたんです」

「何を?」とタルー。

「勇気についてです。いまも、僕は人間が偉大な行為をなしうると知っています。しかし、その人間が偉大な感情をもてないなら、僕には興味のない人間です」


ここに至って、恋人に会いたい一心で、能天気に行動しているようにしか見えなかったランベールという人間が、じつは過去に戦争という災厄のなかで、どうやら地獄の経験をしたらしいことが分かってきます。しかも前章で述べたように、スペイン内戦はカミュにとっても、母の祖国で起きたきわめて重大な出来事でした。

その結果、ランベールは、人間がいかに偉大な行動をなしえたとしても、その偉大さが感情によって裏打ちされていなかったら意味がないと考えるようになりました。彼は執拗なまでに抽象や理念の世界に反発して、自分の感情の世界にこだわります。なぜなら、おそらく彼はスペイン内戦で、感情を圧殺したヒーローが理念のために人殺しをする事例を数多く目にしたからでしょう。負けた左派の人民戦線[*8]側だって、勝った右派のフランコ[*9]側の兵士をたくさん殺しているわけです。たとえそれが、偉大な思想のために敵と戦うヒロイックな行為だったとしても、人間が人間を殺すことは許されざる悪だという原初の感情にたち返ることができなければ、恐ろしい悲劇を生むことを彼は知ってしまったのです。ランベールはタルーにこう尋ねます。

「それでは、タルー、あなたは愛のために死ぬことができますか?」

「分からない。でも、今は死ねない気がするな」

「ですよね。ところが、あなたは一個の観念のためには死ねるんです。その様子が目に見えるようですよ。でも僕は、観念のために死ぬ連中にはもううんざりなんです。僕はヒロイズムを信じません。英雄になるのは容易なことだと知っているし、それが人殺しをおこなうことだと分かったからです。僕が心を引かれるのは、愛するもののために生き、また死ぬことです」

このやりとりは非常に重要です。理念は人を殺すという事実が述べられているからです。そのことはスペイン内戦のときのフランコ側も人民戦線側も同じで、戦争をおこなうかぎりそこからは脱却できない。それゆえ、ランベールがヒロイックな理念ではなく、「愛するもののために生き、また死ぬ」というのは、まず感情とともに生きることであり、死を受けいれるとしても、そのようにして生きることと表裏一体でなければならない、ということです。

戦争というものは、理念のために戦うことをかならず建前とします。たとえ本音は国家の領土拡大、経済的富の収奪のためであっても、表向きは民族の解放のためとか、人民の平等のためとか、革命のためとか、場合によっては平和や自由のためとさえいいます。そういう意味でも、理念と理念のぶつかりあう戦争においては、理念だけを頼りにしていると人間は歯止めが利かなくなる。理念が人殺しを許容し、さらに、人を殺し自分の死も辞さないという英雄的行為が、その理念を強化し、美化していく。そのことへのランベールの恐怖と嫌悪感は、もはや彼の骨肉と化しているのです。

そんなランベールに対して、リウーはいいます。

「今回の災厄では、ヒロイズムは問題じゃないんです。問題は、誠実さということです。こんな考えは笑われるかもしれないが、ペストと戦う唯一の方法は、誠実さです」

「誠実さって、どういうことです？」とランベールは急に真剣な顔になって尋ねた。

「一般的にはどういうことか知りません。しかし、私の場合は、自分の仕事を果たすことだと思っています」

これは、グランとも共通する行動の倫理です。つまり、状況を見きわめた上で、ただ自分にできることをするという、地に足の着いた真っ当な倫理です。その倫理によって、ヒロイズムが陥る危険を回避するために、リウーは自分なりの考えを提示し、ランベールの逡巡と疑念に、回答をあたえました。リウーの言葉は強い説得力をもって響きます。それを聞いて心がゆらいだランベールは、リウーが仕事に戻ったあと、タルーから、リウーは高地の療養所に行った妻と離ればなれになっていることを教えられます。まさにランベールとリウーは同じ境遇だったのです。そのことがさらにランベールの心を動かし、翌朝彼はリウーに電話をかけて、こういいます。

「僕もあなたたちと一緒に働かせてもらえますか、町を出る方法が見つかるまで」

こうしてランベールはついに、ペストと闘う保健隊の一員となったのでした。

この小説は群像劇であると同時に、ディスカッション・ドラマとしても非常に優れています。それはカミュが劇作家でもあることと大いに関係があるでしょう。言葉と言葉がぶつかりあう対話劇、ダイナミックな思想の対決のドラマを、カミュはじつに巧みに描いています。それぞれの山場がモノローグではなく対話になっていて、その対話が人物の心理と行動を先へ先へとつき動かすダイナミズムの源泉になっているのです。

いまの時代は、言葉というものが、何かを語るためではなく、何も語らないための口実として発せられるような状況になっています。真実か否かよりも、感情に訴えるものがあるか否かを価値判断とする「ポスト・トゥルース（脱・真実）」の時代などといわれて、何をいっても無駄、本当のことなどない、といった言葉への無力感が蔓延しています。とくに日本では、共同体内部での和や以心伝心を大事にする風土のなかで、はっきりした言葉で考えの交換をおこなうことを避けて、はじめから言葉の無力さを許容してしまう傾向があります。「言わなくても分かる」という感覚は、「言っても分からない」という諦めに容易に転化します。その意味でも、「言わなければ分からない」という、言葉の重要性を徹底して信じる点で、『ペスト』という小説はいまの日本人にとって大きな意味をもつ小説です。対立があったときに、それを対立のままで終わらせず、対立の一歩先にありうる新たな状況へと進めるものが対話です。そんな対話の重要な働きを、自然な言葉のやりとりによって描き出していることは、この小説の見のがせない美点ではないでしょうか。

ペストの第二段階——停滞の恐ろしさ

ペストの災厄はやがて第二段階を迎えますが、この捉え方がまた見事です。災厄がますます荒れ狂うというのではなく、むしろ停滞のなかにその恐ろしい局面を描くところに、カミュの小説的想像力の鋭敏さが表れています。

ペスト発生から四か月が経った八月半ばになると、暑さと疫病の猛威は頂点に達します。もはや「個人の運命など存在せず、ただペストという集団的な事実」ばかりがあり、恐怖や別離や追放の感情に人々は集団的に支配されていました。

まず、やけになった一部の者たちによる放火や襲撃、略奪が起こります。こうした事態は容易に想像がつきます。それから海水浴が禁止されます。港をはじめとする海岸線を完全に封鎖するためです。

そして感染防止などの実際的理由から、死者の葬礼も禁止されます。死者の数が多すぎて、いちいち葬儀をしていられないという事情には、滑稽な恐ろしさが感じられます。「不条理」には、「ばかげた」「滑稽な」という意味があることが想起されます。看護人や墓掘り人は次々に感染して死亡してしまいますが、都合よく多数の失業者が生じていたことで、そうした苛酷な労働に従事する人間にはこと欠かない状況になります。埋葬はしだいに簡略化されていき、やがて火葬により死者たちを燃やす煙がたえず立ちのぼるという、陰惨な情景が出現します。

しかし、そうした表面的な事態の展開より恐ろしいのは、ペストの第二段階において、親しい人との別離に苦しんでいたはずの人々が、記憶も想像力も失ってしまうことでした。

この町では、もう誰も大きな感情の起伏をもたなくなった。その代わり、みんなが単調さを感じていたのだ。「そろそろ終わるだろう」と市民たちはいいあった。災厄のなかで、集団的な苦痛の終わりを望むのは当然のことで、じっさい彼らはこれが終わることを願っていた。しかし、こうした言葉も、初めのころの熱っぽさや痛切な感情がこもっていたわけではなく、ただ、我々にまだはっきりと残っている、しかし貧弱な理屈がそういわせたのだった。最初の数週間の激しい感情の昂ぶりに続いて、意気消沈の状態が生まれ、それを諦めと見るのは誤りかもしれないが、そうした状態は、災厄をとりあえず仕方のないものとして認めることにほかならなかった。

つまり、諦念とまではいかないが、しかたなく悲惨な現状に同意してしまうのです。続けて読んでみましょう。

市民たちは足並みを合わせ、災厄にいわば適応していった。というのも、それ以外にやり方がなかったからだ。当然のことながら、まだ不幸と苦しみに接する態度をとってはいたが、鋭い痛みはもう感じていなかった。しかし、たとえば医師リウーは、それこそがまさに不幸なのだと考えていた。絶望に慣れることは、絶望そのものより悪いのだ。

見事な集団心理の分析です。「絶望に慣れることは、絶望そのものより悪い」というのは、決定的な一句です。

記憶もなく、希望もなく、彼らはただ現在のなかにはまりこんでいた。げんに彼らには、現在しかなかった。特筆すべきことだが、ペストは彼ら全員から、愛の能力と、友情の能力さえも奪ってしまったのだ。なぜなら、愛はいくらかの未来への期待を必要とするものだからだ。しかし、我々にはもはやその瞬間その瞬間しか存在していなかった。

いつまでも続く災厄による追放と監禁の状態のなかで、過去や未来という時間の展望が失われ、過去の記憶も未来への希望もなくなってしまう。そして愛や友情すらもてないような状況へと変わっていく。絶望に慣れてしまうというのはそんなふうに、未来を奪われた囚人のようになることなのです。

このような集団心理を想像し、抽象的な言葉を駆使しながら、しかし説得力豊かに書けるところが、小説家カミュの天才の証だといえるでしょう。

そしてこのような麻痺と無気力の状態によって、「ペストのなかに閉じこもる」ことで、「長い眠り」に似た停滞が訪れます。市民はまるで「目を開けたまま眠りつづける人々」のようになってしまう。町はいまや「果てしない、息が詰まるような足踏み」の鈍いざわめきで埋めつくされてしまっています。なんと不気味な状況でしょうか……。

＊1　イエズス会
一五四〇年、「宗教改革で打撃を受けたカトリック信仰の立て直し、非キリスト教圏への布教」を二大目標として創立された男子修道会。曲折はあったが、カトリック最大の単一修道会として現在にいたる。十六世紀半ば、日本に初めて渡来した宣教師ザビエルは同会の創立メンバー。現在の二六六代教皇フランシスコも同会の出身。

＊2　『出エジプト記』の記述
旧約聖書「出エジプト記」7〜9章で、神は、「わたしは主など知らない」と言い放つファラオのエジプトに対して、〈十の災い〉を下す。その六番目、神の命によりモーセがかまどのすすを天に向かってまき散らすと、「膿の出るはれ物が人と家畜に生じた」（9章第10節）という災いが、ペストを指しているとの解釈がある。

＊3　石原慎太郎
一九三二〜。小説家・政治家。一九五六年『太陽の季節』で芥川賞。六八年参議院議員、七二年衆議院議員に転じ当選九回。九九〜二〇一二年、東京都知事。一四年政界引退。

＊4　黙示録
新約聖書末尾の書、「ヨハネの黙示録」のこと。黙示録は「神によって開示された秘密を報告する文書」の意。この世の終末と「最後の審判」、キリストの再臨と「神の国」の到来など、預言的な内容が象徴的に表現される。

＊5　ルサンチマン（怨恨）
ニーチェの用語で、彼はキリスト教の起源をユダヤ人のローマに対するルサンチマンに求めた。ロレンスも『黙示録論』（一九三〇）で、イエスの時代の弱者の強者に対する〈烈しい憎悪〉を指摘し、「弱者の宗教は強きもの、権力あるものを倒せ、而して貧しきものをして栄光

あらしめよと教えている。……この叫喚の壮大な文献上の典拠こそまさにアポカリプス［黙示録］なのである」（福田恆存訳）と論じた。

＊6　『チャタレイ夫人の恋人』

D・H・ロレンスの小説（一九二八）。戦傷で不能になったチャタレイ卿の妻コンスタンスと森番メラーズの直截的な愛を描き、性的結びつきに基づく人間関係の復活を謳う。

＊7　D・H・ロレンス

一八八五〜一九三〇。イギリスの小説家・詩人。現代社会における性と愛の諸相を通じて、男女の、人間と人間の、結びつきはいかにして可能かという倫理的問題を追求。小説『息子と恋人』『虹』、詩集『死の船』など。

＊8　人民戦線

反ファシズムの広範な共同戦線。スペインでは、共和主義左派・共産党・社会党などが結んで一九三六年一月に成立、総選挙に勝利して人民戦線政府を誕生させた。この政権を支持する勢力を人民戦線派（側）、共和国派、反ファシスト派などという。

＊9　右派のフランコ側

一九三六年七月、人民戦線政府に対して反乱を起こした右派・保守勢力のこと。反乱軍の指導者、フランシスコ・フランコ将軍の名からこう呼ばれる。ナショナリスト（国民派）、ファシスト側などともいう。

第3章──それぞれの闘い

いまの自分をひき受ける――ランベールの決意

九月と十月の二か月間、ペストは異様な「足踏み」を続けていました。そんな停滞状態のなかで、リウーたち保健隊の人々もまた、日夜仕事に没頭しながら疲れはて、疲労によってしだいに余裕がなくなり、感受性を鈍らせていくのでした。

ところが、憔悴《しょうすい》も気落ちもせず、「満足の化身」といった様子の例外的な人間がいました。犯罪者のコタールです。彼は自分がペストを発症するとは思いもせず、ペストのおかげで逮捕を免《まぬが》れている状態に満足しているのです。ペスト騒動が起こる前には、追いつめられて自殺未遂まで起こしたコタールにとって、この騒動が続いてくれれば自分の猶予期間も長引き、町の人々のあいだで自由でいられるというわけです。

そんなコタールの様子をタルーは興味深く観察し、「コタールとペストの関係」と題して手帳に記述します。「ペストは、孤独でありながら孤独でいたくない一人の男を、自分の共犯者に仕立ててあげた。じっさい、明らかにコタールはペストの共犯者、こうした事態を楽しんでいる共犯者だった」。

つまり、コタールは、自分一人が逮捕の恐怖に怯えて暮らしていた状態から、みんながペストの恐怖に怯えながら暮らしている状態になったことで、人々と奇妙な仲間意識をもつことができたのです。市民たちは隣人からの感染を警戒しながらも、それと矛盾した隣人との触れあいを求めて、夜の町でそぞろ歩きをし、享楽的な生活に走っていました。

タルーはある晩、コタールに誘われて、オペラ劇場に出かけました。すると超満員の劇場で、事件が起きます。一座の主演歌手が、壮大なクライマックスの場面で歌いながらグロテスクに硬直し、くずおれたのです。それを見て群衆は叫びながら出口に殺到しました。それは「コタールとペストに襲われた市民とに同時に訪れた奇妙な意識を絵解きするような出来事」でした。ペストの恐怖のさなかにあって、それを忘れさせてくれる享楽に自足しながら、本当に恐怖を忘れ去ることはできないという矛盾した心理状態です。

さて、リウーやタルーと話しあってから保健隊に参加した新聞記者のランベールは、その後どうなったでしょうか。彼はリウーのかたわらで、骨身を惜しまず懸命に働いていました。しかしその一方ではスペイン系の犯罪者めいた者たちとの接触も続けており、彼らの手引きで町を脱出する手はずもあらためて着々と整えていました。そしていよいよ夜中の十二時に町を出てゆくという直前になって、ランベールはリウーに話があるといい出します。

「先生」とランベールはいった。「僕は行きません。あなたたちと一緒に残ります」

それを聞いてリウーは「じゃあ、彼女は?」と尋ねます。「彼女」というのはランベールの恋人のことです。するとランベールは、「いまも自分の信じていることは変わらないが、もし自分がこの町から出ていったら、恥ずかしい気持ちになるだろう。そうなったら、残してきた彼女を愛することの妨げにもなる」と答えます。

リウーはそれに対して「幸福を選ぶのに恥じる必要はない」といいますが、ランベールはうなずきつつも、「でも、自分一人だけが幸福になるのは、恥ずべきことかもしれない」と決定的な一言を放ち、こう続けます。

「僕はずっと、自分はこの町にとってよそもので、あなたたちとはなんの関係もないと考えていました。しかし、こうして見たとおりのことを見てしまったいま、望むと望まないにかかわらず、僕はもうこの町の人間だと分かりました。この事件は我々みんなに関係のあることなんです」

「我々みんな」とは、ペストが、登場人物全員、そしてオランの町の人全員に関係があるという意味であると同時に、読者のあなたがたにも、いつこうした災厄が他人ごとでなくなるか分かりませんよ、という含みをもたせた言葉だろうと思います。

パリの大新聞のためにアラブ人の衛生状態を調べにオランを訪れ、このペスト騒ぎをたまたま取材していた記者のランベールにとって、この町は本来自分とはなんの関係もなかったわけですが、その場で自分にできることをおこない、人々と関わりあっていくうちに、そこから同じ状況を共有する者同士という連帯感が生まれてくる。天災や戦争といった事件が起こったときに、それに対してごく当たり前のリアクションを起こすことから、もっと積極的な連帯が生まれてくる可能性が、物語の自然な流れのなかで示されています。

引用したランベールのセリフは、カミュにとっても、『ペスト』の次の作品『反抗的人間』*1における「連帯」*2のテーマを予告するものだといえるでしょう。

これまでに出てきた「自分にできることをする」とか「自分の仕事を果たす」といった表現と同じように、「いまの自分をひき受ける」ことが、連帯の前提として重要になってくるのです。

無垢な子供の死

次のドラマティックな山場は、一人の少年の死です。

十月の下旬、予審判事であるオトン氏の息子がペストにかかります。家族から隔離された彼は、絶望的な症状を呈していました。そこでリウーは、老医師カステルが製造したばかりの血清による治療を、この少年に試みます。
ところがこの血清の注射は、その効果により結果的にオトン少年の死をひき延ばし、苦しみを長引かせてしまうことになります。痙攣《けいれん》してもがき苦しむオトン少年のベッドを、リウーとカステルとタルー、そしてパヌルー神父やグランやランベールがとり囲み、一昼夜にわたって見守り続けます。カミュの緊迫した筆致が冴えわたる名場面です。

ただひとり、少年だけが全力をふり絞って闘っていた。リウーはときどき少年の脈を計っていたが、とくにその必要があったからではなく、むしろ自分の置かれている無力な受動状態を脱するため、目を閉じて、少年の激しい脈拍が自分自身の血のざわめきと交じりあうのを感じようとしていた。すると、死刑に処せられている少年と自分がひとつに溶けあって、リウーはまだ健全な自分の力を尽くして少年を支えてやろうと思うのだった。しかし、彼らの二つの心臓の拍動は、一瞬調子を合わせたのち、またばらばらになり、少年は彼のもとから離れてゆき、リウーの努力は空虚へと沈んでいった。それで、リウーは少年の細い手首を放し、自分の席へ戻った。

死にゆく少年の姿を通して、病気と懸命に「闘う」というイメージが強くうち出されます。そうして、少年のきわめて悲惨な状態と、彼の果敢な闘いの姿が重ねて描かれるのです。さらに「少年の激しい脈拍」と自分の「血のざわめき」の合一を願うリウーの絶望的な希求には、「連帯」という主題が肉体化されるような迫力があります。

ここには「死刑に処せられている」という言葉が出てきます。これは、じつはこのあとに記されるタルーの挿話を暗示しており、死刑もまた人間に死を宣告し、強制的な死をもたらすという点で、ペストや戦争などの災厄と同じである、というテーマが垣間見えます。単なる比喩的な表現ではないのです。

少年の悲惨な闘いの描写は続きます。

突然、少年は足を折り曲げ、両腿《りょうもも》を下腹近くまで引きよせ、動かなくなった。そして初めて目を開き、目の前のリウーを見つめた。いまや灰色の粘土のなかで凝固したような落ち窪んだ顔の真ん中で、口が開き、ほとんど間髪を入れず、悲鳴が迸《ほとばし》り、途切れることなく長く続いた。その悲鳴は呼吸で弱まることもほとんどなく、いきなり単調で耳障りな抗議で部屋をいっぱいに満たした。すべての人間から同時に放たれたかと思うほど人間離れした叫びだった。

あまりに悲痛で残酷な描写ですが、罪なき子供の不条理との闘いを描くことで、「神なき世界」を観念ではなく、具体的な現実として提示するという、カミュの作家としての賭けがここにあります。本当に緊迫した、痛ましくも、きわめて優れた描写です。
そして、「見きわめる」ことが重要だといっていたリウーさえも目をそらし、席を外そうとします。そんなリウーの人間的な弱さも見えるなかで、少年は何の救いもなく死んでいくことになります。

「外に出たい」とリウーはいった。「もうこれ以上耐えられない」
しかし、突然、ほかの患者たちが沈黙した。そのときリウーは、少年の悲鳴が弱まり、さらに弱くなって、たったいま途絶えたことに気がついた。少年のまわりでは、ふたたびうめき声が始まったが、それは鈍くこもるような声で、いま終わった闘いのはるかなこだまのように聞こえた。そう、闘いはもう終わっていた。カステルはベッドの反対側にまわり、これで終わりだ、と告げた。少年は口を開けたまま、しかし声はなく、乱れた布団の窪みに横たわり、急に縮んでしまったかのようで、顔に涙の跡を残していた。

無垢な子供の残酷な死というテーマは、じつはカミュにとって一種のオブセッション

(強迫観念)のように作用しています。『無信仰者とキリスト教徒』と題する、カミュが一九四八年にドミニコ会修道院でおこなった講演に、次のようなくだりがあります。

「わたしは、あなたがたと同じく、悪にたいする強い憎悪を持っております。けれども、わたしはあなたがたと同じ希望を持っておらず、子供たちが苦しんで死んでゆくこの世界にたいして闘い続けるのです」(『カミュ全集3』所収、森本和夫訳、新潮社)

「あなたがた」とは、講演の聴衆であるキリスト教徒、とくに聖職者や修道士のことです。そして「あなたがたと同じ希望」というのは、人は死んでも来世で救われるという考えです。しかし、死んでしまったら来世はないというのがカミュの基本的な考え方ですから、来世で救済される希望はない。ですから「子供たちが苦しんで死んでゆく」ことは、この世界の悲惨の、究極のイメージなのです。

魯迅《ろじん》*3の『狂人日記』*4(一九一八)にも、「子供を救え」という言葉が出てきます。これは「人が人を食う」かのごとき恐ろしい社会のなかで、まだそれに毒されていない子供たちに希望を託そうという痛切なメッセージですが、カミュにもまた、無垢な子供たちを救いたいという、切実な思いがありました。

「キリスト教は、人間については悲観論者でありながら、人間の運命については楽観論者なのです。さて、人間の運命について悲観論者であるわたしは、人間については楽観論者なのだと、わたしはいいましょう。しかも、それは、わたしにはつねに不足なものに思われる人間主義の名においてではなくて、何物をも否定しないようにしようとするところの無知の名においてなのです」（同前）

キリスト教は、人間をはじめから原罪を刻印された悪いものだと捉えていますから、「人間については悲観論者」です。ところが人間の運命については、来世では天国で救われますよ、と楽観しています。

それに対しカミュは、来世などないという立場ですから、「人間の運命については悲観論者」ですが、人間については悪いものではないかもしれないという楽観的な希望をもっています。それは、人間ははじめから罪を負って生まれてくるものではないし、悪をなすために存在しているわけでもないという『ペスト』に込められたメッセージでもあります。

この講演での言葉は、キリスト教との対比によって、カミュの立場を明確に語っています。そして「人間主義の名においてではなく」という部分は、一般的な意味での人道主義としてのヒューマニズムでは不足であり、「人間同士助けあいましょう」などというだけでは駄目なことを意味しています。ヒューマニズムもまた、はじめから「人間とはこういうものだ」と決めつけ、分かったつもりになっているからです。

それでは何が必要かといえば、それは「無知」だとカミュはいいます。分かりにくい表現ですが、ここでの「無知」は、キリスト教以前の、古代ギリシャの哲学者ソクラテスがいうところの「無知」です。つまり、「自分は何も知らない」という認識をもって、自分の判断を過信せず、善いことと悪いことをあらかじめ決めつけずに、「何物をも否定しない」ことから出発すべきだというのです。

「人間とはこうである」「世界とはこういうものである」と、はじめから決めつけるのではなく、「自分は何も知らない」という認識が基本であるという考え方です。リウーのいうようにまず「見きわめる」ことが大事だというカミュの信念が、ここにもよく出ています。そしてその上で、先ほどの子供のテーマに戻ります。

「われわれはおそらく、この世界が子供たちの苦しめられる世界であることを妨げることはできません。しかし、われわれは、苦しめられる子供の数を減らすことはできます」（同前）

そうして見きわめた悲惨な世界を前にして、それでもなお、人間的な努力によってそれを改善してゆくことはできるはずだと語り、そんな人間の闘いをカミュは肯定するのです。

こんな世界を愛せるか？――パヌルー神父の変化

オトン少年の死に、リウーはショックを受けました。疲労の極限にあったリウーは、一緒に少年の死にたち会ったパヌルー神父に、「ああ！　あの子だけはともかく罪のない者だった」と怒りをぶつけます。

ややあって、落ち着いたリウーは神父に自分の癇癪《かんしゃく》を詫び、「この町では私はもう怒りしか感じられないことが多いんです」と語ります。パヌルーはそのことに理解を示しながらも、こういいます。「しかし、私たちはたぶん、自分の理解できないことを愛さねばならないのです」。

つまり、神の意志は人間の尺度を超えており、人間には分かりえないのだから、どこかに救いが用意されているかもしれないではないか、ということです。それに対して、リウーは、やはり子供たちのことを引きあいに出すのです。

「子供たちが苦しめられるように創造されたこの世界を愛するなんて、私は死んでも拒否します」

子供の名において、リウーは神の創造する世界に反対します。パヌルーは一瞬惑乱した表情を浮かべてから、「やっといま、恩寵《おんちょう》＊6と呼ばれるものが何か、分かりました」と話を宗教的な問題に戻します。それに対してリウーはこう語ります。「私はそんなことについてあなたと議論したいとは思いません。私たちは、冒瀆《ぼうとく》や祈りを超えて私たちを結びつけるもののために、一緒に働いているんです。それだけが重要なことです」。

つまり宗教的な問題を超えてこそ、初めてリウーはパヌルーと連帯できるのです。信仰にせよ、政治的な信念にせよ、それに固執しているかぎり連帯はできません。抽象的な理念に絶対的な正義や真実を見ていたら、結局、ランベールのいったように殺しあいになってしまう。この考えはおそらくレジスタンス活動をしていたときのカミュ自身の経験に基づくものではないかという気がします。「あなたも人間の救済のために働いているんですね」とパヌルーはいいますが、リウーはそれにも異を唱えます。

「人間の救済なんて、私にはあまりにも大げさな言葉です。私はそんなに遠大な考えをもっているわけではありません。人間の身体の健やかさに関心があるんです。まず何よりも健やかな体ですよ」

リウーはやはり、自分にできることをするという、地に足が着いた実践的倫理を基礎に置くことで、パヌルーのような考え方の異なる人間とも連帯が可能だと考えていました。この議論を終えて、リウーはパヌルーの手を取り、「神さまだって今や私たちをひき離すことはできませんね」と、やや皮肉な冗談をいって別れます。

パヌルー神父もまた保健隊の一員に加わり、ペストとの闘いの最前線に身を置いて献身的に働いていました。しかし、オトン少年を看取った日から、パヌルーにも変化が起こります。彼はリウーに「司祭は医師の診察を受けることができるか?」という題の論文を準備している、と笑いながら語ります。しかし、どうやらそれは真剣な決意でした。パヌルーは、ミサの説教でその問題について述べるつもりだ、とリウーに予告します。

そして大風が吹いた日、パヌルーはペスト発生以来、二回目の説教をおこないます。このとき彼は一回目の説教のときのように「あなたがたは」とはいわず、「私たちは」と語りかけるのでした。けれどもその内容は、「すべてを信じるべきか、それともすべてを否定するべきか」という、かなり極端なものになっていたのです。

「神への愛とは困難な愛です。それは自分自身を全面的に放棄し、自分の人格を無視できることを前提にしています。しかし、ただこの愛だけが、子供たちの苦しみと死を消し去ることができるのです」

パヌルーにとっても「子供たちの苦しみと死」がひとつのモチーフになっていることが分かります。ただし、子供たちの救済のために神を信じ、愛し続けるには、「自分自身を全面的に放棄」し、「自分の人格を無視」できることが必要だという、自己懲罰的な、道徳的あるいは宗教的マゾヒズムともいえるような、いささか倒錯的な主張になっているのです。この説教は、きわめて強い個性に染めあげられた、異端すれすれとも思われる内容でした。
パヌルー神父の説教を聞いて、年老いた司祭がその大胆な内容に懸念を抱き、若い助祭に尋ねます。「それで結局パヌルーの考えはどういうことかな?」。すると、若い助祭はこう答えます。「司祭が医者の診察を受けたら、それは矛盾になるということです」。パヌルーは、自分のような聖職者が神の意志でペストになったのなら、その残酷な試練を進んで受けいれるべきだ、という信念を語ったのです。
リウーはパヌルーの説教の内容をタルーに報告します。するとタルーは、「戦争中に目をつぶされた若い男の顔を見て信仰を失った司祭を知っている」と意外な発言をします。

「パヌルーの考えは正しいな」とタルーはいった。「罪のない者が目をつぶされたなら、キリスト教徒は信仰を失うか、自分の目がつぶされることを受けいれるほかない。パヌルーは信仰を捨てるつもりはない。だから最後の最後まで行くつもりなんだ」

面白いのは、立場がまるで異なるはずのタルーが、ある種の過激さという点においいて、パヌルーに共感を示しているところです。このすぐあとに明らかにされるのですが、じつはタルーは、戦争であろうと、災厄であろうと、また死刑であろうと、一切の人間を殺す行為を絶対的に否定するという考えを、過激に追求してきた人間でした。リウーの客観的な立場からいえば、パヌルーの考え方は倒錯した、道徳的・宗教的マゾヒズムと映りますが、一方でタルーの、人を殺すあらゆる行為を絶対的に否定する考え方は、パヌルーの絶対的な自己否定と、意外にも一脈通じあってしまうのです。こういうセリフをさらりと書いて、人間精神の不思議な働きを描き出せるところが、思想的な洞察力と文学的な表現力におけるカミュの非凡な才能なのです。みずからの信念を貫き、「最後の最後まで行く」という極端な決意が、パヌルー神父の悲壮ともいえる変化だったのです。

パヌルーはそれから二、三日後に急に体調を崩し、みずから明言したとおり医師の診察を拒んで、見る見る病状を悪化させていきます。その報を受けてリウーが駆けつけたときには、もう手遅れの状態でした。しかし不思議なことに、ペストであると確定できる主要な兆候は見出されません。パヌルーは、「私が一緒にそばにいますから」と励ますリウーに感謝しながらも、「宗教者に友はありません。すべてを神に捧げているので」と難儀そうに語り、病院に運ばれると無表情になり、まったく口をきかなくなります。その翌朝、パヌルー神父は死亡します。しかし結局、その死因は「ペストでもあり、ペストでないともいえる」という「疑わしい症例」なのでした。パヌルーはいわば「目をつぶされること」を受けいれたわけですが、それが、当初パヌルー自身が信じた天罰だったのか、それとも来世での救済を保証する恩寵だったのか、すべてを未解決の宙吊りにしたまま、パヌルー神父の話は幕を閉じます。

タルーの告白——遍在する「ペスト」の正体

十一月、「ペストの進行グラフ曲線」はその頂点で長い横ばい状態となります。医師会会長のリシャールはその状態に満足し、ペストが「安定期」に到達したと見なして、今後は衰退するだけだと楽観的に予想しました。その直後、リシャール自身がペストにかかり、「まさに病気の安定状態のなかで」死亡します。

老医師カステルの血清は「何件かの予期せぬ成功」をもたらしましたが、老医師自身はそのことで楽観も悲観もせず、「できるかぎり念入りに」血清を製造するだけでした。「医師とその助手たちは、身をすり減らす努力」を続け、「このいわば超人的な仕事をただ規則的に続けていくほか」ありませんでした。一方、新聞は当局からの情報や感動的な美談だけを流し、楽観的な報道を続けていました。しかし、その実態は、食糧供給の不平等から市民のあいだには格差への不満が広がり、またサッカー競技場などに設けられた予防隔離所や隔離収容所も、増大する収容者で飽和状態となるなど、きわめて悲惨なありさまになっていました。

その頃、タルーはすでにホテルを出て、母親と同居するリウーの家に住みこんでいました。十一月の終わりのある夜、タルーは往診に出かけるリウーに同行し、往診先の見晴らしのいい建物のテラスで、なま温かく心地よい風に当たり、束の間の休息をとりながら、リウーに向かって自分自身の正体を明かすような告白を始めます。このタルーの告白は、作品中の「ペスト」の意味を隠喩的に読み解く試みにとって、ランベールのスペイン内戦をめぐる挿話よりも、さらに重要なものだと思われます。

主なところをかいつまんで見ていきましょう。まず、タルーはいきなり、こんなことをいい出します。


「僕はこの町とこの伝染病を知るずっと前から、とっくにペストで苦しんでいたんだ」


いったいこれはどういうことでしょうか。タルーにとって「ペスト」とは何を意味しているのか。そのことが、このあとに続く長い告白のなかで語られていきます。

彼の父親は検事で、実直で家庭的なごく普通の人間でした。趣味といえば鉄道旅行案内書を読むくらいで、幼いタルーに愛情を注いでいましたし、タルーのほうも当然この父親に愛情を感じていました。彼が十七歳になったとき、父親は自分の仕事場である法廷に、自分の論告を聞きに来るようにと息子を呼びよせます。

ところがそのとき、タルー少年は、父親によって死刑を求刑された被告人に強烈な印象を受けます。それまでは「容疑者」という抽象的な観念でしかなかった存在が、小柄で貧弱で赤毛の、フクロウのように強い光に怯えている様子の、いまじっさいに「生きている」人間の姿となったのです。たとえそれが罪人であったとしても、その生きている人間を社会の名において殺してしまう死刑宣告が、目の前で父親によって下されたことは、タルーに大きな衝撃をあたえました。

「僕の関心の的は死刑宣告だった。（中略）その結果、僕は世間でいう政治運動をやるようになった。ペスト患者になりたくなかった、それだけの理由だ。僕は、自分の生きているこの社会が死刑宣告の上に成りたっていると考え、死刑宣告と闘うことで殺人と闘うことができると信じたんだ」

どうやら、彼のいう「ペスト」とは、死刑宣告のことだったのです。それが病気によるものであれ、社会の制度によるものであれ、人間に死という結果をもたらす殺人であることには変わりがないと、タルーは感じています。

ところが、彼が身を投じたヨーロッパ各国の政治闘争のなかでも、「もう誰も殺されることのない世界をもたらすためにいくらかの死者は必要だ」という理屈で処刑がおこなわれていたのです。彼はハンガリーで、じっさいに銃殺刑を目撃することになります。

「そうして僕は、その長い歳月のあいだ、魂を捧げてまさにペストと闘っていると信じていたあいだにも、少なくとも自分がペスト患者でなくなったことは一度もなかった、と悟ったのだ。僕は、無数の人間の死に間接的に同意していたし、必然的に死をもたらす行動や原理を善と認めることで、そうした死をひき起こしていたのだと知った」

タルーは、死刑宣告をする社会に反対して参加したはずの革命運動でも、数多くの粛清、すなわち死刑宣告と殺人が実行されていたことに気づいてしまったのです。ここにはおそらく、カミュ自身が若き日に参加した共産主義運動の経験も投影されているでしょう。革命の大義のもとに、じつは無数の殺人がおこなわれていました。もちろん戦争の名においても、国家による大量殺人はおこなわれます。

「歴史は僕の考えが正しいことを証明している。今日では、いちばん多く人を殺した者が勝ちなのだ。みんな殺人熱に浮かされている。（中略）たとえ間接的であるにしろ、善意から出たことであるにしろ、自分が人殺しの側に回っていたことが、僕は死ぬほど恥ずかしかった。（中略）ほかの者より優れた人々でさえ、今日では否応なく人を殺し、殺させている。なぜなら、人殺しが彼らの生きる論理のなかに含まれているからで、僕たちは人を死なせる恐れなしにこの世界でちょっとした身ぶりのひとつもできないのだ」

極端な考え方ではありますが、つまるところ人間の社会とは死刑や殺人でなりたっており、その社会で生きていくことは、その社会を肯定すること、ひいては殺人を肯定することだ、という認識にタルーは至ったのです。

「僕たちはみんなペストのなかにいる」

「誰でもこいつを自分のなかにもっている。ペストだ。なぜなら、誰ひとり、そう、この世界の誰ひとりとして、ペストから逃れられる者はいないからだ」

たとえば、日本はいまや先進国では数少ない死刑制度を有する国です。もちろん死刑についての論議は様々で、私がもし自分の娘を殺されたら、犯人に復讐したいと思うでしょうから、被害者の遺族が犯人を殺したいという気持ちは分かります。ただし、それを自分自身の手でおこなう仇討ちと、私刑を禁じる国家に自分の怨念を預けて自分の代理で加害者を殺してもらう死刑という制度とは、似て非なるものです。本当に犯人を殺したいなら自分の手で殺すべきだという理屈もありえます。ですから、私が死刑を肯定するか否定するかといえば、建前として人殺しはいけないのだから、その自分が率先して人殺しにほかならぬ死刑に賛成することは躊躇《ちゅうちょ》します。しかし、正直な人間的感情からは、お前が被害者側になったらどうするという反論にも毅然と対処することはできないような気がしてしまいます。じつに難しい問題です。

哲学者の内田樹《たつる》氏は「ためらいの倫理学」（『ためらいの倫理学　戦争・性・物語』所収、角川文庫）というカミュを論じた鋭い文章のなかで、人間が、国家や社会という立場から異論の余地のない正義を引きあいに出して死刑に賛成したり、全体的な真理や未来の幸福をめざして革命のための殺人や戦争やテロをおこなったりすることに「ためらい」を感じる倫理的感性こそ、カミュの精神の本質的な特徴だと見ています。そして、自分が善であることを疑わず、自分の外側に悪の存在を想定して、その悪と闘うことが自分の存在を正当化すると考えるような思考のパターンが「ペスト」なのだ、ときわめて示唆的な読解を提示しています。

戦争の場合を考えてみれば明らかですが、対立するどちらの側も自分を善、相手を悪だと考えて、熱心に人殺しに邁進《まいしん》します。たとえば敵の銃殺刑がおこなわれるときに、味方はそれを正義のための行為として肯定するでしょうが、敵側はもちろん卑劣な行為として否定します。しかし、同じことを敵のほうもおこなっているわけで、どちらかが絶対的な正義とはいいかねます。ともあれ、絞首刑にせよ銃殺刑にせよ、死刑が殺人であることはまちがいありません。タルーという人はそれを明確に否定する考えをもっていたわけです。

しかし、タルーの場合がすごいのは、そうして人間社会の根源的な悪を告発すると同時に、自分もその加担者であることに心底苦悩しているところです。タルーはリウーにこういいます。

「ペスト患者であるのはひどく疲れることだ。しかし、ペスト患者になりたくないと望むことは、さらにもっと疲れることなんだ」

たしかに、みんなと同じようになってしまうならまだ楽で、そうなるまいとするのは、より心身を疲弊させる孤独を選ぶことです。するとどうなってしまうかといえば、

「僕は人を殺すことを断念した瞬間から、決定的な追放に処せられた。歴史を作るのはほかの人々だ」

つまり、歴史というものは、個々人の死の問題などにかかずらっていたら先に進まない。逆にいうと、歴史は、戦争や革命、すなわち殺人によって作られている、ということです。

「僕がいっているのは、単に、この地上には天災と犠牲者があるということ、そして、できるかぎり天災に同意することを拒否しなければならないということだ」

タルーが、このぎりぎりの告白によっていおうとしたことは、「あらゆる場合に犠牲者の側に立つこと」、つまり、この世界に殺す者たちと殺される者たちがいた場合、絶対に自分は殺される者たちの側に立つ、という決意表明です。

殺される者たちの側に立てば、自分もまた殺されてしまうかもしれない。しかし、それをも受けいれ、肯定するというのです。したがって、そんなタルーの決意は、表面的なヒューマニズムの感覚を逆なでする点において、先ほど見たパヌルーの決意とも通じてしまうところがあります。

ヒューマニズムへの批判はすでに何度か出てきましたが、ここにはヒューマニズムの限界、人間というものの限界を超えて、極限にまで至った思想があります。カミュは、この作品にタルーという人物を登場させることで、「絶対に自分は殺される者たちの側に立つ」という、その思想の極点を語っているのです。

＊1　『反抗的人間』
〈人間の生を奪う暴虐に対する集団的な反抗〉を論じた書。なかでカミュは、反抗的人間とは「否《ノン》」というと同時に人間のある部分に対して「諾《ウィ》」をいう人間と定義する。またマルクス主義に基づく革命思想は〈歴史〉を絶対視しているとして批判し、暴力革命を否定する。

＊2　「連帯」
「個人がまもろうとする価値は、彼だけのものではない。価値をつくるには、少なくともすべての人が必要である。反抗においては、人間は他人のなかへ、自己を超越させる。この見地からすれば、人間の連帯性は形而上的である」（佐藤朔・白井浩司訳）

＊3　魯迅
一八八一〜一九三六。中国の文学者。一九〇二〜〇九年日本留学。文学革命のなかで『狂人日記』『阿Q正伝』などの小説、自己の内面を見つめる散文詩集『野草』、鋭い社会批評を込めた多数の「雑文」を執筆。晩年は左翼作家連盟の中心人物として御用文人と非妥協的な論争を続けた。

＊4　『狂人日記』
一九一八年発表の魯迅の口語小説。周囲の者すべてが「おれ」を食おうとしているとの妄想にとらわれた患者の日記を通じて、中国の旧社会と儒教道徳の非人間性を告発する。中国で最初の近代文学とされる。

＊5　ソクラテス
前四七〇／四六九〜前三九九。自分自身の「魂」を大切にすること、よく生きることを求め、問答法を通じて相手に自らの無知を自覚させて、真の認識に到達させようとした。それが青年たちに悪影響を及ぼすと告発され、獄中で毒杯を仰いで死んだ。

＊6　恩寵

「恩恵」ともいう。神が人間に与える恵み、神の無償の賜物のこと。神学上では、イエス・キリストの十字架による受難と復活の救いのわざを信ずる者は「神の子」になり、神はその者に神的本質そのものを譲与する。この神の自己譲与が恩寵の本質とされる。

第4章――われ反抗す、ゆえにわれら在り

共感と幸福——夜の海水浴

前章の終わりに見たタルーの強烈な告白のあと、二人のいる屋上のテラスには静寂の時が訪れます。

話を終えると、タルーは片脚を揺らしながら、足でテラスの床を静かに叩いていた。わずかな沈黙ののち、リウーはすこし身を起こして、平和に到達するためにとるべき道について、タルーには何か考えがあるか、と尋ねた。
「あるよ。共感ということだ」

「共感」のフランス語は sympathie（サンパティ）で、英語の sympathy（シンパシー）と同じ言葉です。sym は「一緒に」の意、pathie は英語のペーソスと同じくギリシャ語の pathos（パトス）が語源で、もとは「苦しみを感じる」の意ですから、語源的には「共に苦しむこと」という意味を含んでいます。「共感」という言葉は、とくにこの『ペスト』という小説では、「共に苦しむ」という語源的な意味と共鳴し、通じあっているのです。

「要するに」とタルーはあっさりといった。「僕に興味があるのは、どうすれば聖者になれるかということだ」
「でも、君は神を信じていない」
「だからこそだよ。人は神なしで聖者になれるか。これこそ、今日僕の知るかぎり唯一《ゆいいつ》の具体的な問題だ」

ここでタルーの口から「神なき聖者」というイメージが出てきます。不思議なイメージですが、カミュは無神論者でありつつ、キリスト教信仰の重要性も認識していますから、つねに信仰と神の問題を視野に入れつつ人間の倫理を考えていることが分かります。

そのとき町の境界の方角から、叫び声や閃光が上がり、銃声、群衆の声が聞こえ、そしてふたたび静寂が訪れます……。閉鎖された門で小競りあいが起こり、脱走の失敗による犠牲者が出たようです。犠牲者はなくならないというタルーに、リウーはこう語ります。

「私は、聖者より敗北者のほうに連帯を感じる。ヒロイズムや聖者の美徳を求める気持ちはないみたいだ。私が心を引かれるのは、人間であることなんだよ」

「そう、僕たちは同じものを求めているんだ。僕のほうが野心は小さいけどね」

リウーは実践的で理性的な人ですが、ここで敗北者に連帯感を感じるといっているのは、パヌルーやタルーの自己懲罰的な思想にも、少なからず「共感」をもっているのでしょう。それでも聖者より人間が大事だというリウーに対し、「僕のほうが野心は小さい」というタルーの返答は冗談めかしていますが、「その顔は悲しそうで真剣」でした。ユーモラスにも見え、謎めいていても感じられる対話ですが、不思議と心に残る一節です。

「どうだい」とタルーはいった。「友情のしるしに何かしようか？」
「君の好きなことでいい」とリウー。
「海水浴をしよう。未来の聖者にもふさわしい楽しみだ。（中略）ペストのなかだけで生きているなんて、つまらないからね。もちろん、犠牲者たちのために闘う必要はある。でも、ほかになんにも愛さなくなったら、闘うことになんの意味がある？」
「そうだね」とリウーは答えた。「よし、行こう」

タルーのセリフには、ランベールが「愛するもののために生き、また死ぬ」と語ったのと同じように、理念ばかりで感情を失っては生きる意味がないという、人間的な思いが込められています。そうして、二人は海岸に向かいます。

海と太陽は、カミュにとって特別な、人間の解放のイメージだと「はじめに」で述べました。しかし、ここはペストの厳戒下ですから、皮肉なことに二人は人目を避けて、夜の海を泳ぐことになります。ただ、それが攻撃的な衝動を含む太陽の下ではなく、月明かりの下での海水浴であることによって、『異邦人』の鮮烈な海水浴の場面とは異なり、リウーとタルーの感じる解放感が、鎮静したトーンによってかえって読者の心に染みてきます。

海のこの静かな呼吸が、水面に油のような反射光を明滅させていた。彼らの前には、夜が果てしなく広がっていた。リウーは、足の指の下にごつごつした岩肌を感じながら、奇妙な幸福に満たされていた。タルーのほうを振りむくと、友の静かで真面目な顔の上にも同じ幸福が感じられた。だが、その幸福は何も忘れたわけではなかった、殺人のことも。

ペストによる災厄の真っ只中ですから、幸福を感じることは「奇妙」なのです。しかし、この場面は、一面的な不幸に閉じこもらない、リウーとタルーの開かれた感性を物語っています。一方、「殺人のことも」という表現も気になりますが、これは先ほどタルーの告白のなかで延々と語られていた「殺人」のことでしょう。幸福のなかでも、殺人という禍々《まがまが》しい関心事は消えたわけではないのです。

リウーは、その夜の海がなま温かく、海のなま温かさが何か月にもわたって地面から吸いとった熱のせいだと分かった。（中略）足が海面を叩くとうしろに泡立つ波が流れ、水は腕に沿って滑り、脚に絡みつく。（中略）リウーは仰向けになってじっと体を動かさず、月と星に満たされたさかさまの空を眺めていた。彼はゆっくりと呼吸をした。それから、水を打つ音がしだいにはっきりと聞こえ、その音は夜の静けさと孤独のなかで異様に明瞭になった。タルーが近づいて来て、まもなくその息づかいまで聞こえてきた。リウーはうしろを向き、友のところに行き、同じリズムで泳いだ。

この海の場面の描写もまた、じつにカミュらしい名文です。心理描写はいっさいなく、主人公たちの行動と事物の動きと風景が描かれるだけですが、私たち読者も静けさと海水の心地よさに包まれ、彼らの動きに同調するような感じがして、なぜかほっとさせられます。そして、二人の連帯を感情として理解するだけでなく、肉体的な感覚として受けとれるように思うのです。

リウーは、タルーも自分と同じ思いであることを知っていた。たったいま疫病は自分たちのことを忘れてくれていた、それはありがたいことだ、だが、これからまた始めなければならない。

海の解放感と友情の実感によって人心地がついたところで、物語はまたしても動き出します。

タルーの最後の闘い――いまこそすべてはよい

十二月の寒さのなかでも、ペストは腺ペストから肺ペストという病理状態に移行しながら、消滅することなく進行していました。

クリスマスの日に、役人のグランが路上で倒れます。グランは病床で悲痛にも死を覚悟し､冒頭の一文をくり返し書き直していた例の小説の原稿を「焼き捨ててください！」とリウーに頼みました。

ところが翌朝になるとグランはけろりとして、原稿を焼いてしまったことを後悔しています。彼はどういうわけか、回復していたのです。それに続いて、何人かの絶望的な患者たちが突然病気から脱します。町では生きたネズミたちがふたたび活動を開始し、ペストは衰退の兆候を見せはじめました。

一月の上旬、それまで効果を得られなかった医師たちの処置が、にわかに奏功しはじめ、ペストはその力を急速に弱めていきました。時おり、病気は力を盛りかえし、息子を亡くしたオトン氏らの命を奪いはしましたが、ペストの恐怖による支配は終わろうとしていたのです。一月二十五日、県によってついに疫病の終息が宣言され、一部の市民たちは浮き浮きと興奮し、歓喜の声を上げて町にくり出すのでした。

そんななか、犯罪者のコタールはひとり悶々としていました。焦燥感に苛《さいな》まれ、アパートの自室に引きこもっていたのです。彼はタルーに「ゼロから出直すっていうのは、なかなか楽しいだろうね」と毒づきながら、絶望していました。自分はゼロに戻れば捕まってしまうからです。

閉鎖されていた町の開門が近づき、「最終的な解放への期待」が緊張し通しだったリウーの疲労を消し去ろうとしていたそのとき、彼の帰宅を迎えた母親が、「タルーさんの具合がよくない」と知らせます。タルーは、発熱して寝こんでいました。

しだいにペストの症状を示しはじめたタルーを本来なら隔離しなくてはいけないのですが、リウーはその禁を破り、「母と私とで看病するよ。君はここのほうがいいだろう」といって、自分の家に置いて治療することを決意するのでした。

「リウー」とタルーはようやく言葉を発した。「何も隠さずに教えてくれ。そうしてほしいんだ」

「約束するよ」

タルーは、いかつい顔をすこし歪めるようにして微笑んでみせた。

「ありがとう。僕は死にたくないし、闘いつづけるつもりだ。だが、勝負に負けたら、あっさり終わりにしたいんだ」

リウーは身を屈め、タルーの肩をしっかり摑んだ。

「だめだ」とリウーはいった。「生きていなけりゃ聖者にはなれない。闘うんだ」

しかし晩になり、リウーの治療の裏をかくようにして、ペストはタルーの肉体を深く蝕《むしば》んでいきました。

「どうだい」とリウーは尋ねた。

タルーはベッドから乗りだすようにして、たくましい肩をすくめて見せた。

「そうだね」と彼は答えた。「勝負は負けそうな勢いだ」

タルーは死に瀕した自分を、軽妙なユーモアでみずから笑ってみせます。悲惨な死に囲まれたこの小説のなかで、健全なユーモアがさりげなく使われている、とてもいい場面です。

タルーは身じろぎもせず闘っていた。ひと晩じゅう、ただの一度も苦痛の攻撃に動揺を見せず、自分の不動と沈黙だけを尽くして闘っていた。しかし同様に、ただの一度も言葉を発しようとはしなかった。そうして彼なりのやり方で、もうほかのことに気をそらすことが不可能になったと告白していたのだ。

この病との闘いの場面は、前章で見たオトン少年のドラマティックな闘いの描写とは対照的で、静かで気高いトーンが貫かれています。このような調子の変化のつけ方も、カミュの巧みなところです。

夜明けにいったん収まった病勢は、正午にかけてまた高まっていきます。タルーは小康状態のなかで、懸命にリウーの母親に微笑みかけようと努め、リウーには病状の推移を冷静に尋ねようとします。

カミュは、主役はもちろんのこと、脇役から端役に至るまで、あらゆる登場人物を生彩豊かに描き出します。リウーと一緒に寝ずの看病をしている彼の母親が、タルーに愛情を示すところも、さりげなく描かれていますが感動的です。じつはタルーの手帳には、この友人の母親の風貌も描き出されていました。彼女の寡黙で、我慢強く、慎ましい様子に、タルーは自分の母親と共通するものを見出します。おそらくそれは、カミュ自身の母親像とも重なるのでしょう。

リウー夫人は、タルーがずっと自分を見つめているのに気づいた。夫人は彼のほうに身を屈め、枕を直してやり、それから身を起こして、濡れてもつれたタルーの髪にしばらく手を当てた。すると、夫人の耳に、消えいりそうな声が、遠くからやって来るように、こう聞こえてきた。ありがとう、いまこそすべてはよい、と。

この場面もとても感動的ですが、「いまこそすべてはよい」というタルーの最期の言葉は謎めいています。この「よい」と訳した言葉は、フランス語では bien（ビヤン）というこの上なく単純な形容詞です。つまり、これはあらゆる人間的なものを留保なく肯定する言葉なのでしょう。前章で『無信仰者とキリスト教徒』の「人間」と「人間の運命」における楽観論と悲観論の対比を見ましたが、そのことに重ねると、「人間の運命」としては敗北したとしても、「人間」として闘った現実は全的に肯定される、ということかもしれません。

あるいは、さらに文学的な読み方をすれば、この「いまこそすべてはよい」という言葉は、カミュが『シーシュポスの神話』でも引用している、ドストエフスキーの『悪霊』*1の登場人物キリーロフのセリフ「すべてよし」*2から来ているとも考えられます。

キリーロフは無神論者で、人類愛のために自殺しなければならないと考え、みずからの不条理な理念を実践する人物です。奇妙な多幸感に満ちた精神の瞬間的な高揚状態のなかで、彼は「すべてよし」と世界を全的に肯定する啓示を受けるのです。タルーはキリーロフのような自殺者ではありませんが、彼の極端に自己懲罰的な傾向や、「神なき聖者」になりたいという矛盾に満ちたイメージには、キリーロフとも共通する点があるように思えます。

記憶による勝利

勇敢な闘いもむなしく、激しい熱と咳、吐血と痙攣《けいれん》の末、タルーは息絶えます。リウーは友人の壮絶な死を、「心臓を搾りあげられながら」見守り、涙で見送るしかありませんでした。そして「沈黙の夜」のなかで、彼の思いは、残された者の責務とは何か、という問題へと移っていきますが、このあたりのリウーの切迫した心理と絡まりあった倫理的な決断の描き方も見事です。

リウーは、タルーが死にぎわに平和を見出せたかどうか分からなかった。しかし、少なくともこの瞬間、息子を奪いとられた母親や友の死体を土に埋めた男に休戦が存在しないように、自分自身にはもうけっして平和などありえない、と分かった気がした。

タルーは死によって敗北したわけですが、その死を受けいれて終わりにするのではなく、残された者の責務として闘いを続けるほかないのだという、苦しくも真っ当な倫理が示されています。では、リウーには、これからいったいどんな闘いが可能なのか。ここで、「記憶」というテーマが浮上してきます。

タルーは今夜、リウーとの友情を本当に生きる間もなく死んでしまった。タルーは自分でいったとおり、勝負に負けた。しかし、リウーは何を勝ちえたのか？　彼が勝ちえたのは、ただ、ペストを知ったこと、そしてそれを忘れないこと、友情を知ったこと、そしてそれを忘れないこと、愛情を知ったこと、そしていつまでもそれを忘れないにちがいないということだ。ペストと生命の勝負で、人間が勝ちえたものは、認識と記憶だった。たぶんこれこそが、勝負に勝つとタルーが呼んでいたことなのだ！

「忘れない」というキーワードが三回くり返されています。つまり、見きわめたものをけっして忘れないで、記憶し続けること、それが残された者の責務だという認識にリウーは辿りつくのです。それは、闘いや、友情や、愛情、その経験と記憶を、しっかりと魂と体に刻み、忘れてはいけないという倫理的な責任です。

タルーは「人間に他者を断罪する権利をけっして認めず」、しかし、「誰も他者を断罪せずにはいられないことを知っていた」ため、「分裂と矛盾のなかを生きて」きました。それゆえに、「人間への手助けのなかに、聖性を求め、平和を探していた」のかもしれません。いまリウーの心に残るのは、「ひとつの生の温かみと、ひとつの死の面影」だけですが、その認識と記憶で充分なのだと彼は悟ります。

通夜の翌朝、リウーのもとに一通の電報が届きます。それは高地の療養所にいた妻の死を知らせるものでした。いまや彼はその悲しみすらも平静に受けとめます。母親に「どうか泣かないで」と頼み、黙って苦痛に耐えるのでした。

二月のある晴れた朝、とうとう門が開くと、町は一気に祝祭ムードに包まれます。ランベールはパリから汽車でやって来た恋人を、涙を流しながらも複雑な思いで抱擁します。解放の歓喜に酔って乱舞する群衆のなか、リウーはひとり黙々と歩き続けます。

この記録も終わりに近づいた。医師ベルナール・リウーも、自分がこの記録の作者だと告白していいころだろう。

ここで突然、物語のなかで時おり顔をのぞかせ、「語り手」と名乗っていた書き手の正体が明かされます。この物語は一人称ではなく、三人称の客観的叙述で語られているので、その存在はほとんど目立たなかったのですが、ここでいきなり種明かしがなされるのです。これは「全知の神の視点」からの物語を否定する、現代小説らしい方法です。

しかし、登場人物のなかに「語り手」がいるとすれば、それは頻繁に物語の視点を担ってきたリウー以外にありえないだろうと、読者はうすうす察しています。ですから、さほどの意外性はありません。私はミステリーが大好きなので、カミュには申し訳ないけれど、もう少し書き手の正体が分からないように、叙述トリックのような語りの仕掛けを工夫してほしかったと思います。この小説には、ほかにもタルーやグランのように「書く人」が登場しているわけですし……。

閑話休題。正体を明かした「作者」は、みずからの執筆意図とその方法について、きわめて誠実に説明してから、この記録の「最後の事件」について、語りはじめます。

町を歩くリウーが、グランとコタールの住む場末の通りまで来ると、警官隊に包囲されたアパートの窓から、群衆に向かってピストルを発砲している男がいます。通りでリウーを見つけたグランが、「コタールの部屋の窓ですよ」と教えます。警官隊から軽機関銃の射撃を浴び、武力で制圧された部屋から連れ出されたコタールは、あたりかまわずわめき散らし、ひどい錯乱状態です。彼は警官たちに殴られながら連行されていきます。この場面は、映画なら最後の見せ場になるところでしょう。

事件を見届けたリウーは、部屋に戻ってまたぞろ例の小説の文章を書き直すというグランと別れ、往診先である老人の家に行き、老人と少し会話を交わします。

この老人は物語の冒頭から何度も登場するのですが、喘息《ぜんそく》を病み、寝たきりで隠者のような生活を送っており、いつも鍋から鍋へひたすら豆を移しています。以前リウーの往診に同行したタルーは、この老人と話をして「これは聖者だろうか?」と手帳に記していました。

老人はタルーの死を聞いて惜しみ、「いちばんいい人たちが逝ってしまう。これが人生だ。だが、あの人は自分の望みをちゃんと分かっている人だった」とつぶやきます。そして、浮かれ騒ぐ市民たちについて、「どうせあの連中はいつだって同じなんだ」と苦々しげに評します。老人と別れたリウーは、かつてタルーと束の間の休息の時を過ごし、友情を結んだあのテラスに出ます。

暗い港から、公式の祝賀の最初の花火が上がった。オラン市は内にこもるような長い喚声でそれに応えた。コタール、タルー、リウーが愛し失った男たちと女、みんなが、死んだ者も、罪を犯した者も、忘れられていた。

そう、人々はすぐにすべてを忘れてしまうのです。結局は、老人もいうように「いつだって同じ」なのであり、しかし「それが彼らの強さであり、彼らの罪のなさ」でもあります。だからこそ、忘却に抗い、記憶を確かなものにするために、このすべてを記録することが必要なのです。

そうして医師リウーは、ここに終わりを迎える物語を書こうと決心したのだった。沈黙する者たちの仲間にならないために、ペストに襲われた人々に有利な証言をおこなうために、せめて彼らになされた不正と暴力の思い出だけでも残すために、そして、ただ単に、災厄のさなかで学んだこと、すなわち、人間のなかには軽蔑すべきものより賞讃すべきもののほうが多い、と語るために。

『ペスト』という小説は、文芸批評の用語を使うと、一種のメタフィクション*3であるといえます。いかにしてこの小説が書かれたか、ということが最後に語られ、なぜこの小説がこのように書かれねばならなかったか、という動機が明らかにされます。第1章で触れたように、「書くこと」はこの小説の重要なテーマのひとつだったのです。

小説は、こう結ばれます。

じっさい、リウーはこの町から立ちのぼる歓喜の叫びを聞きながら、この歓喜がつねに脅やかされていることを思いだしていた。というのも、彼はこの喜びに沸く群衆の知らないことを知っていたからだ。それは様々な本のなかで読めることだ。ペスト菌はけっして死ぬことも、消滅することもない。数十年間も、家具や布製品のなかで眠りながら生きのこり、寝室や地下倉庫やトランクやハンカチや紙束のなかで忍耐づよく待ちつづける。そして、おそらくいつの日か、人間に不幸と教えをもたらすために、ペストはネズミたちを目覚めさせ、どこか幸福な町で死なせるために送りこむのである。

見きわめたものを決して忘れてはいけない。記憶し続けることの大切さが、強い警告となって、あたかも作者カミュ自身の言葉のように、読者に投げかけられます。こうして物語はまた最初に戻り、災厄はふたたびくり返されるだろうということが暗示されています。天災は回帰するのです。

「決して死ぬことも消滅することもない」ペストという災厄が表すものは、何度も述べてきたように、天災のみならず、戦争をはじめとする人間の作り出す不条理も含んでおり、すなわち、人間から自由を奪い、人間に死と苦痛と不幸をもたらすものすべての象徴です。タルーが語った死刑や革命の暴力、殺人、さらには全体主義や恐怖政治、絶望を受けいれそれに慣れてしまう状態、そして不可視の放射能もまた、そのような不条理に含まれるはずです。

否《ノン》という人間——『ペスト』から『反抗的人間』へ

この小説は一九四七年六月に刊行されると、たちまちベストセラーとなって、爆発的な反響を呼びおこしました。半年のうちに世界各国で続々と翻訳されました。第二次世界大戦後まもない時期でもあり、多くの読者がこの小説から、それぞれに多様なメッセージを読みとったことでしょう。

四年後の一九五一年、カミュは大著『反抗的人間』を世に問います。そこでは『ペスト』にその萌芽があった反抗と連帯のテーマを、思想的に発展させています。

「不条理の体験では、苦悩は個人的なものである。反抗的行動がはじまると、それは集団的であるという意識を持ち、万人の冒険となる。だから、自分が異邦人であるという意識にとらえられた精神の最初の進歩は、この意識は万人とわけ合っているものだということ、人間的現実は、その全体性において、自己からも世界からも引き離されている距離に悩むものだということを認める点にある」（『カミュ全集6』所収、佐藤朔・白井浩司訳、新潮社）

このくだりには、「異邦人」という自分の小説のタイトルにした言葉が出てきますが、『異邦人』のムルソーの不幸は、不条理の認識は自分だけのものだと思いこみ、それによって世界とのつながりを絶ってしまったことです。小説の最後に、彼は死刑に処せられ人々から憎悪の叫びで迎えられることを望みますが、すべての人が憎悪の叫びをあげるかどうかは分かりません。第1章で述べたように、まだムルソーは不条理の第一段階にとどまっていて、その先に、同じように不条理に苦悩し反抗する人間たちと連帯する可能性がある、という第二段階があります。それが『ペスト』のリウーやタルーたちであり、その思想を突きつめて発展させたものが、『反抗的人間』という哲学的著作です。

「一個人を苦しめていた病気が、集団的ペストとなる。われわれのものである日々の苦難のなかにあって、反抗は思考の領域における『われ思う《コギト》』と同一の役割を果す。反抗が第一の明証となるのだ。しかし、この明証は個人を孤独から引きだす。反抗は、すべての人間の上に、最初の価値をきずきあげる共通の場である。われ反抗す、ゆえにわれら在り」（同前）

ここに、「ペスト」という言葉が出てきます。「われ思う《コギト》」はもちろん、デカルト[*4]の有名な「われ思う、ゆえにわれ在り《コギトエルゴスム》」という命題を受けています。それが思考の領域にとどまらず、行動の領域に進んで「われ反抗す」となるのは、単なる思考ではなく、世界のあり方に反抗し行動することが、われわれの存在の証となるからです。しかし、この「反抗」は、政治的意味あいに限定されるものではありません。天災や戦争をはじめ、人間に襲いかかってくるあらゆる不条理な災厄と悲惨への「反抗」です。それゆえに、あらゆる人間が同じように反抗することで、連帯することが可能になる。「われ反抗す、ゆえにわれら在り」と、デカルトでは単数形だった「われ」が複数形の「われら」に変わるのは、そういう理由からです。

ところで、この『反抗的人間』は、刊行の翌五二年にサルトルとカミュのあいだに論争[*5]を生み、友人だったサルトルから絶交を宣言される原因となった本でもあります。

それは、カミュがこの本で、革命の歴史に内在するニヒリズムや暴力ばかりでなく、イデオロギーによって神格化されたマルクス主義[*6]そのものにも、反抗する立場を打ち出したからでした。タルーの告白と同じく、「イデオロギーの時代には、殺人と調子を合わせなければならない」と述べ、マルクス主義に代表される「ドイツ的イデオロギー」を、古代ギリシャ以来の自由な「地中海精神」と対立させました。そして太陽の光と強く結ばれている「地中海人」の側から、コミュニストの絶対化されたイデオロギーと対決しようとしたのです。

サルトルによる舌鋒《ぜっぽう》鋭い批判は論理的に厳密でしたから、直観的で詩的な表現に頼るカミュは、きわめて不利でした。しかしもちろんカミュは右派でも反動でもありません。むしろマルクス主義以外の左派、たとえば労働者の連帯組織を社会の柱とする組合主義（サンディカリズム）[*7]には共感を示していますし、それにつながる無政府主義（アナーキズム）[*8]とも、明らかに親和性は高い。それは、カミュの思想が、強権的な政府が〝上から目線〟で人民を指導し幸福にするという共産主義とは逆に、個々の人間の自由を基本に置くものだからです。

カミュは急進的な「革命」ではなく、あくまでも人間的な尺度をもった「反抗」にこだわりました。革命を強風に、反抗を樹液に喩《たと》えて、人間は後者によって粘り強く不条理に立ち向かうべきだと説いたのです。

たとえその反抗が基本的には敗北に終わるものだとしても、ギリシャ神話のシーシュポスのように、山頂まで運びあげては転がり落ちる岩をまた何度でも運びあげながら、その運命を神のあたえたものから人間自身のものに変え、そこに幸福を見出すことさえ可能だというのです。それは不条理との闘いにおいて、敗北や挫折や失敗が人間の条件であるとしても、リウーやタルーやグランや、変化したあとのランベールのように、「自分にできることをする」ことのなかにこそ、人間の希望があるということではないでしょうか。

そもそもサルトルとカミュは、世界が不条理であり悲惨であるという現実をまず直視するという点で、同一の地平から出発していました。しかし、サルトルがその先に、革命をふくむ政治的手段による、より良き未来の社会建設という歴史的必然を信じたのに対し、カミュはそれを信じていませんでした。そうした理念が不可避的にもたらす暴力の悲惨さから目をそらすことができなかったからです。さらに端的にいうなら、サルトルが最終的に政治的人間になることを選んだのに対して、カミュはあくまでも政治的人間になることを拒絶し、文学的人間にとどまったといえるかもしれません。『反抗的人間』でも、文学に表された反抗のイメージについて生き生きと語っています。

さて、カミュはサルトルとの論争に敗北した形となり、政治的に孤立し沈黙してしまいます。サルトルから「裁かれた」ことに傷つき、一九五四年から生まれ故郷で始まったアルジェリア戦争[*9]の泥沼化にも、ひどく心を痛めていました。創作活動も沈滞し、翻案劇の上演のほかには、五六年にやっと中篇小説『転落』を上梓しますが、それはカミュ文学の頂点ともいうべき『ペスト』とは作風が大きく異なる、自嘲的な皮肉と苦い笑いに満ちた、孤独な中年男の告白体の作品でした。

短篇集『追放と王国』を刊行した一九五七年に、カミュはノーベル文学賞を受賞します。四十三歳という異例の若さでの受賞は、文学者カミュにふたたび活力をあたえる出来事でしたが、第1章で述べたとおり、長篇小説『最初の人間』を執筆中の六〇年に、カミュは自動車事故で突然その命を絶たれてしまいます。

最後に、スウェーデン・ストックホルムでのノーベル賞授賞式の際、カミュがおこなった演説の一節を引いて、本章を終えることにしましょう。ここには、カミュの文学の原風景ともいうべきもの、そして、小説『ペスト』の底にあって、文学者カミュを不条理への反抗に向けてつき動かしていた根源的なモチーフが語られています。地中海の光、自由を生きることの幸福、そして、寡黙な母親をはじめ、世界の悲惨のなかで自分にできることを日々誠実におこなう無名の人々への愛があふれています。

「私はこれまで自分がそのなかで育ってきた光、生きるという幸福、自由な生活、それを断念することはけっしてできませんでした。この郷愁に似た想いが私の誤謬や失敗を説明するものだとしても、おそらくこのおかげで私はこれまで私の職業をよりよく理解することができたのだと思いますし、またいまもその郷愁に似た想いを感じつづけているからこそ、私は、あのもの言わぬ人びと――束の間の自由な幸福の想い出にすがってあるいはそういう幸福がときおり舞い戻ってくるのにたよって、この世界における現在の生活をかろうじて支えているだけの、あれらのもの言わぬすべての人びとの側に、無条件で与《くみ》するのであります」（「一九五七年十二月十日の演説」『カミュ全集9』所収、清水徹訳、新潮社）

スウェーデン・ストックホルムでノーベル文学賞を受けるカミュ（1957年）

＊1　『悪霊』
ロシアの作家ドストエフスキーの長篇小説（一八七一〜七二）。無神論的革命思想を「悪霊」に見立て、それに憑かれた人々の破滅を描いた作品。扉には、新約聖書「ルカによる福音書」から、悪霊にとりつかれて溺れ死ぬ豚の群の記述（第八章三十二〜三十六節）が掲げてある。

＊2　「すべてよし」
「何もかもいいです。……人間が不幸なのは、ただ自分の幸福を知らないからです。それだけのこと、断じてそれだけです。断じて！　それを自覚した者は、すぐ幸福になる。……すべてがいい、すべてが！　すべてがいいということを知ってる者は、すべてがいいのです」（『悪霊』第二部第一章、米川正夫訳）

＊3　メタフィクション
「小説について考える小説」、また「小説を批評する小説」、そして「読むこと／書くこと／語ることの本質を問う自己言及小説」をいう。

＊4　デカルト
一五九六〜一六五〇。フランスの哲学者。〈精神と物質の二元論〉〈機械論的自然観〉に基づく近代科学の枠組の確立、〈理性〉による批判の基礎づけ、コギト（意識）の哲学の創始により、「近代哲学の祖」と呼ばれる。

＊5　論争
一九五二年、サルトル主宰の雑誌「現代」誌上でおこなわれた、カミュの著作『反抗的人間』の評価を巡るカミュとサルトルの論争。人間の不幸を〈自然〉の罪とするカミュを、個人主義から抜け出して〈歴史〉を生きようとする立場からサルトルが批判した。

＊6　マルクス主義
ドイツのカール・マルクス（一八一八〜八三）が創始・提唱した思想・理論・学説の総称。そ

の基礎は、哲学における〈弁証法的・史的唯物論〉、経済学における〈剰余価値説〉、政治における〈階級闘争論〉にある。

＊7　組合主義（サンディカリズム）

十九世紀末〜二十世紀初頭にかけてフランスで起こった社会運動とその理念。政治闘争を否認し、労働組合（サンディカ）によるゼネストなどの経済的直接的行動で資本主義制度を打倒して、労働者の連合体による新しい社会を実現しようとする。

＊8　無政府主義（アナーキズム）

いっさいの国家権力及びそれに付随する教会・軍隊・私有財産などの社会的諸制度を否定し、個人の絶対的自由を主張する思想。近代アナーキズムは十九世紀後半に一大思潮となったが、社会運動としてはマルクス主義に敗北した。

＊9　アルジェリア戦争

一九五四〜六二。アルジェリア民族解放戦線（FLN）が宗主国フランスに対しておこなった民族解放戦争。東部山岳地帯で開始された武装蜂起がしだいに全国に波及拡大する一方、フランスは巨額の戦費による財政難で危機に陥り、ドゴール新大統領はアルジェリア放棄を決断。六二年アルジェリアは独立を達成した。

ブックス特別章

コロナ後の世界と『ペスト』

鋭い洞察と高い先見性

二〇二〇年春、新型コロナウイルスが世界中で猛威をふるい、日本でも、三月には東京オリンピック・パラリンピックが一年間の延期に追いこまれ、四月には緊急事態宣言が出されました。五月には緊急事態宣言そのものは解除されましたが、この特別章を執筆している時点（七月初め）で、日本では感染の勢いはすこし収まったように思われるものの、世界、とくに南北アメリカ大陸やアフリカなどでは依然として感染は拡大し続けていて、収束のめどは立っていません。

そんな状況にあって、カミュの『ペスト』が世界中でベストセラーのリストに入り、日本でも新潮文庫版の『ペスト』が累計で百万部を突破したというニュースが新聞などで報道されました。世界の多くの読者が、『ペスト』という小説に、新型コロナウイルスによる災厄を乗りきるヒントを求めたのです。

実際、コロナ禍のさなかでこの小説を読み直してみると、その鋭い予見性に心の底から感嘆させられます。

現代社会は経済を第一原理として動いています。経済とは、金銭の循環、物資の流通、人間の移動と交流にほかなりませんから、そうした物と人の移動がことごとくウイルスの感染の促進に直結してしまう今回の事態は、経済活動の不可能性という無理難題を私たちの社会に突きつけてきました。『ペスト』で疫病に襲われたアフリカの植民地の町オランと同様に、日本を含めて全世界が、経済活動の停止あるいは最小限化に向かわざるをえませんでした。

『ペスト』の冒頭近くにはこう書いてあります。

「ここの市民たちは一生懸命働くが、それはつねに金を儲けるためだ」

私たちもまた経済至上主義の社会に生きて、そのことに疑いをもたなかったのですが、コロナ禍のもとで、この経済偏重の生き方を否応なく反省させられることになりました。

コロナ禍の初期段階で、「経済活動を制限してはいけない。そんなことをすれば、多くの人々がコロナが蔓延する前に経済の停滞で死んでしまう」といった経済活動を何より優先する言説が多く聞かれました。経済的に困窮した人を救うことは、コロナ禍のなかであろうと平常時であろうと政府の仕事です。そうではなく、経済の停滞がすぐに人々の死（自殺）を招くような過熱し切迫した経済のありかたこそ改善されるべきだという反省が、何よりも必要なのです。

『ペスト』という小説はいまから七十年以上も前に書かれたものですが、読み直すたびに、鋭い洞察や思考のヒントとなる言葉が随所に見られ、はっとさせられます。

災厄が起こったときに、その事実を見て見ぬふりをし、毅然とした対応を恐れ、結局、事態を悪化させてしまう権力者と官僚の事なかれ主義もまた今回のコロナ禍が白日のもとに晒《さら》しましたが、それこそ『ペスト』が痛烈に批判したことでした。

同時にカミュの批判的なまなざしは、現代社会を構成している私たち「大衆」の行動様式にも届いています。

ペストにハッカドロップが効くと聞くや、みんなして薬屋に買いに走り、薬屋の店頭からハッカドロップが消えてしまったという挿話ひとつを取っても、トイレットペーパーやマスクを買い占めて店頭からなくしてしまった現代の私たちの行動を明確に予見しています。

さらに、そのマスクを買い占めて高額で転売する商売人たちがげんに存在したことを見れば、そこに、『ペスト』のなかで伝染病の危機を利用して商売にいそしんだケチな犯罪者コタールの姿を重ねあわせたくなります。カミュの目は、こうしたいささか滑稽な脇役の動きをとおしてさえも、人間の真実を鋭く見抜いていたというべきでしょう。

カミュが『ペスト』において、オランの町を完全な監禁状態に置いたことにも大きな意味があります。実際、今回のコロナ禍において、ロックダウン（都市封鎖）という言葉が流行語のように使われましたし、中国やヨーロッパの一部の地域では、ほぼ完全な都市の封鎖が実施されました。

カミュにとって、こうした都市封鎖は、世界と人間の根源的な条件である不条理を凝縮し、浮き彫りにするための小説的装置でした。そして、オランの町が都市封鎖に追いこまれることによって、その町の住民たちは、追放と監禁の状態に入ることになります。その追放と監禁という不条理のなかで、人間はどう行動するべきなのかという問いかけが、カミュの最大の関心事でした。

しかし、コロナ禍の場合、世界はグローバル経済のシステムに完全に組みこまれていて、人と物と情報の流通を阻止することはまったく不可能であり、そこに、『ペスト』の世界とコロナ禍の世界の決定的な違いがあると、当初、私は考えていました。

しかし、世界各国でそれぞれの非常事態宣言が発令されて以降、事態は奇妙な成りゆきを見せました。すなわち、自由を人間の最高の権利として標榜するフランスなどヨーロッパの諸国で罰則によるロックダウンの強制がおこなわれたのです。また、それ以上に意味深く思われたのは日本の場合で、私たちは法律に強いられたわけでもないのに、自粛の名のもとに、自発的な監禁状態に入ることを選んだのです。このソフトな自発的監禁状態こそ、グローバル化された世界における新たな「ペスト」の物語の前提になるものではないでしょうか。

カミュは、人間を生まれたときから死刑宣告された死刑囚だと考えましたが、私たちはコロナ禍でいつ処刑されるかもしれない死刑囚になり、そのうえ、みずからソフトな自発的監禁状態を選んだのです。もしもカミュが生きていたら、こうした私たちの反応にどういう批評的な言葉を対置しただろうか、と考えたくなります。

作家の吉岡忍氏は、コロナ禍での生活のありようについてこんな言葉を私に書きおくってくれました。

「私たちはいま、新型コロナウイルスという目に見えないものを相手にし、緊張と休暇が入り混じったような奇妙な日常に置かれています。『ペスト』には『抽象』という言葉が出てきますが、まさに抽象的なものと抽象的に戦っている気がします」

本書の第1章でも、この「抽象」という問題を取りあげました。その議論を簡単にくり返せば、「抽象」には二つの意味が重なっています。一つ目は「理念」ということで、『ペスト』の医師リウーは人間の健康を保つという理念を拠りどころとしてペストと闘っています。しかし、ペストの流行下ではその理念が非現実的に感じられるために、一部の人からは「抽象」だと認識されてしまうわけです。

一方、ペストの流行そのものもまた、あまりに荒唐無稽なできごとで、ほとんど非現実的に感じられるので、「抽象」と呼ばれています。それゆえ、「抽象と闘うためには、多少抽象に似なければならない」ということになります。

その意味で、吉岡さんのいう「抽象的なものとの抽象的な戦い」という言葉は、ペストとの闘い以上に、新型コロナウイルスとの闘いの本質をあぶり出しているように感じられます。

私たちにできることは、なるべく家のなかにいる、なるべく人と会わない、いつも手を洗うといった「闘い」という言葉にはまったくふさわしくない、効果があるかどうかもよく分からない、非現実感あふれることだけです。しかし、「絶望に慣れることは、絶望そのものよりも悪い」。私たちは、この絶望的な事態に慣れることなく、「抽象的なものとの抽象的な闘い」を続けていくほかないのです。その点で、カミュの「抽象と闘うためには、多少抽象に似なければならない」という言葉は、きわめて深い洞察力をもっています。

巨大な思想家カミュ

私はやはり第1章で、カミュの人間中心主義への批判に言及しました。この点も、今回のコロナ禍で重要な論点であることが明らかになりました。

新型コロナウイルスについてはまだまだ分からないことだらけですが、そもそもこのウイルスがいま人間を宿主にしている理由として、研究者たちは、人間による自然の乱開発を挙げています。人間が歯止めなく自然を開発した結果、それまで自分のテリトリーを守って生活してきた野生動物たちが、自然な境界を越えて人間の生活範囲に入りこみ、そのため、本来はそうした野生動物たちを宿主としていたウイルスが、新たに人間を宿主とするようになったというのです。そして、経済グローバリズムによる際限のない物資と人間の移動がウイルスの伝播を一気に加速させました。だとするならば、新型コロナウイルスによる災厄は、人間の利益追求による自然の乱開発と経済グローバリズムが原因であり、人間中心主義への反省なしには問題の根本的な解決はありえず、今後もさらなる新型ウイルスによる災厄がくり返される可能性があります。

そうした事実を考えてみると、カミュが『ペスト』において展開した人間中心主義への批判はきわめて大きな射程距離をもっています。

このことは、現代の思想史の水準においても、カミュという文学者をひとつの巨大な分水嶺として位置づける必要を感じさせます。

第二次世界大戦後の世界で、思想的にいちばん大きな影響力をもったのは、実存主義の主張でした。その代表者であるサルトルが「実存主義はヒューマニズムである」といったことにも第1章で触れました。サルトルは人間が世界の中心にいて、その人間が歴史を作り出し、理想の社会に向かって進歩するという理念を疑いませんでした。その意味でまさに、実存主義はヒューマニズム（人間中心主義）でした。

しかし、しばしば同じ実存主義者と見なされるカミュは、そのような意味での人間中心主義者ではありませんでした。先ほども見たように、『ペスト』では人間中心主義への批判がなされていますし、のちに人間が作り出す「歴史」への態度をめぐっても、カミュはサルトルの階級なき理想社会に向かって進歩するという歴史観を徹底して批判しました。

実存主義に続いて世界の思想に根源的な変革を迫ったのは、いわゆる構造主義ですが、構造主義を代表する文化人類学者クロード・レヴィ＝ストロースはサルトルと論争をおこないました。

レヴィ＝ストロースは『野生の思考』（一九六二年）という本の最終章で、サルトルの弁証法的理性による思考方法を取りあげ、とくに人類が未開社会を脱却して歴史ある社会へと進歩し、理想の社会に向かうという歴史観を批判しました。地球上に存在した、あるいはいまも存在する社会のかたちは千差万別だが、それぞれの社会に（もちろん、いわゆる未開社会にも）「人間の生のもちうる意味と尊厳がすべて凝縮されている」（大橋保夫訳）のであり、人間社会のあるかたちだけがほかより優れていると主張するには、よほどの思いあがりと単純素朴さが必要だ、とサルトルの思考のエゴセントリック（自己中心的）な閉鎖性を暴きました。

おそらく、この瞬間、人間を世界の中心に置いてその意義を探る価値観である実存主義から、人間も世界のシステムの一部にすぎないと考え、その機能を分析する構造主義への大きなパラダイムの転換が起こったのです。

そして、その思想的潮流は、哲学においてミシェル・フーコー、批評においてロラン・バルト、小説においてアラン・ロブ＝グリエ、精神分析においてジャック・ラカンといった人々の仕事と同調しながら、新たな世界認識を開いていくことになります。これらの人々の思考の基盤には、近代の人間の理性中心主義を徹底して懐疑するという姿勢があります。

そうした観点から見るとき、カミュは実存主義と構造主義を橋渡しする巨大な思想家に見えてくるのです。

カミュが世界を不条理だというとき、それは、明澄な理解を求める人間にとって世界は不条理に見えるということです。その意味で、不条理を世界解釈の出発点とするカミュの考え方もまた一種の人間中心主義といえるでしょう。しかし、カミュの精神には、そうした世界認識とは異なる世界の受容というか、世界像の知覚もまたあったように思えるのです。たとえば、カミュが二十五歳のときに刊行した二冊目の書物『結婚』には「砂漠」という短編小説が収められていて、そこにこんな一節が見出されます。

「世界は美しい。そして、世界の外に、救いはない。世界が忍耐づよく僕に教えてくれる大いなる真実とは、精神など何ものでもないし、心さえ何ものでもないということだ。太陽が熱する石や、無窮の空が成長させる糸杉がこの唯一の宇宙を限定しているのであり、そこで初めて『正しい』という言葉は意味をもつ。つまり、人間なき自然ということだ。そして、この世界は僕を無にする。僕を果てまで連れていく。怒りもなく、僕を否定する」

ここには、世界が人間をはるかに超えたものであることの認識と、世界の大きさと深さにたいする畏怖の感情が、確かな精神の緊張をもって綴られています。こうした自然観はカミュが地中海岸で育ち、その出自を重要視していたことと関係があるでしょう。キリスト教的な自然観とはまったく異質の、ギリシャ・ローマ的な汎神論の伝統をひき継ぐ趣もありますし、私たち日本人の東洋的非人情の自然観と通じるものがあるようにも感じられます。いずれにしても、世界の広大無辺の広がりのなかで、人間の存在が無化されるところに究極の世界の美を感じとる感性は、息苦しい人間中心、理性中心の世界観を超えて、すがすがしい厳しさにあふれています。

そうした思想的傾向において、カミュはレヴィ＝ストロースやフーコーの探求と深いところで一致する精神性を秘めていたように思えます。また、バルトやロブ＝グリエのような人間中心主義を否定した文学者たちがカミュの小説について絶賛に近い評価を下しているところにも、カミュの感性が、構造主義以降の新たな文学的傾向と共振する様子を見ることができます。

その点に関して、カミュの伝記的事実のなかで興味深いのは、彼が一九四六年におこなったアメリカ旅行です。このときカミュは『ペスト』を執筆中でしたが、アメリカの出版関係者から招かれ、フランス外務省の後援を受けてフランスの正式な文化使節としてアメリカへ渡航したのです。カミュがニューヨークに到着したとき、彼を迎えたフランス大使館の文化部長がレヴィ＝ストロースでした。意外な感がありますが、レヴィ＝ストロースのほうがカミュよりも五歳年上で、このとき三十七歳でしたが、大使館勤めのかたわら、博士論文となる大著『親族の基本構造』を書きあげようとしていました。

しかし、このカミュとレヴィ＝ストロースという大いなる知的邂逅のチャンスは、残念ながらただのすれ違いに終わったようです。レヴィ＝ストロースがカミュをニューヨークの場末の大衆演芸場に連れていったという挿話だけが伝えられているのです。カミュの「ニューヨークの雨」というエッセーには、たぶんこのときレヴィ＝ストロースに連れていってもらったバワリー街の演芸場での奇妙な舞台の様子が印象的に描かれています。

先ほど、カミュがバルトやロブ＝グリエなど新しい文学的傾向の先駆的役割を果たしたと申しあげました。『異邦人』の文体を、バルトは『零度のエクリチュール』（一九五三年）のなかで、「白いエクリチュール」「無垢のエクリチュール」「透明な言葉」と呼んで、決定的に新しい文体が生まれたと称賛しています。これは『異邦人』の斬新な文体が近代小説の特色である人間中心的な見方を脱して、新たな世界の視角を提示したという評価につながるでしょう。

貧困と病、祖国からの追放

その一方で、カミュの文学と思想が、彼の人生とけっして切り離せないことも強調しておきたいと思います。バルト以降、「作家の死」という命題が人口に膾炙《かいしゃ》し、作家の人間性と作品そのものを切り離して論ずべきだという批評的態度が一般化します。しかし、カミュの文学と思想は彼の人生と直接につながっていました。カミュにとって、作者と作品を切り離すなど思いもよらないことだったでしょう。

その決定的な証を、カミュの文学と思想の基礎概念である不条理に見ることができます。

不条理とは、カミュが世界と人間の関係に見た根本的な特質であり、ひとつの哲学的な概念です。しかし、それはカミュの実人生における経験の帰結でもある、血の通った人間的感覚であって、机上の哲学的探求から生まれた空理空論では断じてありません。

カミュの不条理の感覚は、まず幼少年期の貧困と窮乏からやって来ました。すでに本書の第1章でも引用しましたが、リウーとタルーの会話のなかで、タルーがリウーに

「このペストがあなたにとってどういうものなのか」を問うと、リウーは「果てしなき敗北です」と答えます。さらにタルーが「そんなことを誰が教えてくれたんです」と重ねて尋ねると、リウーは「貧乏ですよ」と即答するのです。この唐突な返答に、カミュが経験した不条理の最初の発見が示されています。ペストが果てしなき敗北という不条理の凝縮されたかたちであるとするなら、貧乏とはその不条理の最初の発現だったのです。

カミュが肺結核を発症してリセ（高等中学）を休むようになったとき、のちに彼の生涯の師となるリセの教師ジャン・グルニエは、心配してカミュの家を訪ねましたが、その家庭の貧困ぶりに大きな衝撃を受けたのでした。

カミュにとって二番目の不条理の経験は、肺結核です。この病によって、カミュは十七歳という青春の真っ盛りのなかで、死の恐怖と直面させられたのです。カミュの、人間は生まれたときから死を宣告された死刑囚にほかならないという考えは、抽象的な比喩ではなく、自分の肉体的な実感に基づくものでした。『カミュの手帖』には、一九四二年にフランスのル・パヌリエという山間の農場で結核療養をしていたときの、こんな記述があります。

「死の感覚は、僕にとっていまではもう親しいものになっている。そこにはもはや苦痛による救いもないのだ。苦痛は人を現在に縛りつけ、戦いを要求し、『気晴らし』をさせてくれる。だが、吐血まみれのハンカチを見ただけで、なんの苦労もなく死を予感するのは、眩暈を起こすような感じで時間のなかに沈みこんでしまうことだ。それは、これからやって来るものをただ恐れることだ」

こう書いたときカミュは二十八歳でしたが、その後も肺結核の発症はおりにふれて続き、四十六歳で急死するまで完治することはありませんでした。『ペスト』において不条理の究極の表れとして病気が選ばれているのは、このカミュの肉体の条件と無縁とはいえないでしょう。不条理は単なる観念ではなく、肉体に根づいた感覚だったのです。この点を抜きにしてカミュの文学と思想を論じることは不可能です。

カミュにとって、三番目の不条理の表れは、祖国からの追放です。

カミュが先輩のジャーナリスト、パスカル・ピアの導きで、「アルジェ・レピュブリカン」および「ソワール・レピュブリカン」という新聞で記者として働いたことは第1章で触れました。カミュの書いた記事は、フランスによる植民地アルジェリア支配の不当性を告発するものとしてアルジェリア総督府から敵視されるようになり、さらに、当時始まっていた第二次世界大戦への批判の論調によって、「ソワール・レピュブリカン」は発禁処分になります。カミュは失業に追いこまれ、アルジェリアからパリに脱出します。これは事実上、祖国からの追放であり、カミュが『ペスト』で「ペストがわが市民に最初にもたらしたものは、追放状態だった」と書いたとき、追放状態もまた想像のなかの出来事ではなく、カミュの個人的な実体験から発した感覚に基づく記述でした。追放状態という不条理もまた、単なる小説的虚構ではなかったのです。

祖国から追放されてパリに至ったカミュを四番目の不条理が襲います。ナチス・ドイツによるパリ侵攻と占領、すなわち、ファシズムの脅威です。

この不条理に対して、カミュは非合法地下新聞「コンバ」の編集と記事執筆というレジスタンス活動で反抗します。しかし、これも理念からファシズムへの抵抗運動に参入したというより、先輩パスカル・ピアらとの人間的なつながりにおいて新聞の編集や記事の執筆へと自然に導かれたという感じがあって、そこにもカミュの人間性が感じられます。カミュの書くものと行動には、つねに人間の体温が感じられる気がします。そこがカミュの文学の大きな魅力です。

カミュは直接銃を取って敵と闘ったわけではありませんが、この戦争への参加が、自分の最も嫌悪する殺人と暴力の肯定であることを痛いほど自覚していました。それゆえ、一九四四年八月のパリ解放の日、「真実の夜」という「コンバ」の論説文で、こう書いています。

「人は殺人と暴力で生き続けることはできないのだ。（中略）人間の偉大さとは、自分にあたえられた条件よりも強くあろうとする決意のなかにある。そして、その条件が不当であろうとも、それを乗りこえる方法はひとつしかない。正しく自分自身であり続けることだ」

この人間の条件をひと言でいえば、「不条理」ということになります。まさに、カミュの人生は果てしなき不条理との闘いでした。

自由のための連帯

ふたたび、現代の不条理の極みともいうべきコロナ禍の問題に戻るならば、この種の「天災」の対立概念として、カミュが「自由」を想定している一節に戦慄すべき予見性が見られます。すでに第1章で引用した文章ですが、もう一度引いてみます。

「ペストという、未来も、移動も、議論も消し去ってしまうものを、どうして考えることができただろうか。人々は自分が自由だと信じていたが、天災が存在するかぎり、誰も自由にはなれないのだ」

まさにコロナ禍の脅威を予見したとしか思えない言葉です。この状態がこのままいつまで続くか分からないという未来の展望の欠如。人間の自由な移動が感染を拡大するゆえ人々が家にとどまることを強いられる事態。対面での話しあいもまた感染の拡大につながるためできるだけ議論は避けて速やかな決定がよしとされる状況。コロナ禍によって脅かされたものは、私たちの自由だったのです。

そうした自由への脅威のもとで、カミュが新たに見出した手がかりは「連帯」という概念でした。

世界と人間の不条理という根源的な条件を提示したカミュの小説『異邦人』は、主人公ムルソーの孤独を描いていました。世界にも自分にも不条理を自覚するムルソーは、周囲の人々から隔絶し、孤独であるほかありませんでした。

しかし、カミュは『ペスト』では、不条理と闘う複数の主要人物を描き、これを群像ドラマとして構築しました。

明るく見きわめることを自分の行動倫理とする医師リウー。ペストに神の意志を見て苦悩する神父パヌルー。スペイン戦争での経験から理念に殉ずるヒロイズムを否定するランベール。自分にできる仕事をおこなう凡庸な役人グラン。ペストの流行のなかで唯一幸福を感じている犯罪者コタール。死刑をペストだと考え、ペスト患者でなくなろうとして疲労困憊するタルー。病気になったタルーを寡黙にやさしく看病するリウーの母。

なかでも、ヒロイズムの否定という主題は、今回のコロナ禍を考えるうえで重要なヒントになります。ウイルスと人間の闘いにおいては、英雄が現れて一発逆転、人間を勝利へと導くことなど不可能です。むしろ、権力者にたいする「大衆」の期待が大きくなりすぎれば、それはかえって危険です。権力者の決定によって国民全体が誤った方向を向かされてしまう可能性があるからです。事態をすべて見通している人間など存在しないのですから、各人はむしろ自分が凡庸であることを自覚し、権力者もまた自分と同じ凡庸な人間であることを忘れるべきではありません。その意味で、リウーの「明るく見きわめること」という倫理は現代にも有効なものです。

こうした『ペスト』の登場人物たちは、それぞれの考えや境遇の違いをこえて、遭遇し、語りあい、自由を否定する天災に対する自分の行動倫理を鍛えていきます。そこには、政治的な連帯とは異なる魂の連帯ともいうべきものが生じてきます。リウーとタルーが長い話しあいを終えて、夜の海で海水浴をする場面こそ、その魂の連帯の最も美しい表現といえるでしょう。しかし、これはカミュの文学的生涯においてまったく例外的な描写で、この後カミュはこうした全面的な幸福に満たされた場面を描くことはありませんでした。おそらくここに、天災のさなかで自由を奪われた人間が新たに獲得する誇りと尊厳が結晶しています。だが、これは束の間の、例外的な出来事だったのです。

カミュは、『ペスト』で描き出したこの魂の連帯のイメージを、次の著作『反抗的人間』では哲学的な概念として普遍化しようとします。その結果、盟友サルトルとの訣別に至る経緯は、第4章で触れたのでここではくり返しません。しかし、純粋に文学作品として読んだとき、『反抗的人間』の文学的・哲学的思弁が、『ペスト』の海水浴の描写に及ばないことは明らかです。『反抗的人間』においては、反抗と連帯というテーマを客観的な真実として提示しようと抽象的な理屈の力業を重ねているのに対し、『ペスト』

では、正しいと証明すべき命題を扱うのではなく、普遍的な正しさへの顧慮を捨てて、ペストという災厄を生きるひとりひとりの人間に寄りそって、その心と身体の動きを記録しているからです。先ほど、カミュの文学において人間と作品は切り離せない関係にあると申しあげましたが、カミュという人間と、彼が描く作中人物たちもまた、切っても切れない絆で結ばれているのです。そこにこそ、作家としてカミュが本物であることの証が見られると私は確信しています。

言葉——認識と記憶のために

私はいま簡単に「連帯」という言葉を使ってしまいましたが、今回のコロナ禍の決定的な特質は、具体的な行動としての連帯を不可能にしてしまったことです。人が集まって自由な議論を交わすこと、自分たちの考えを目に見えるかたちで訴えるためにデモをおこなうこと、音楽による感情の高揚と一体化を求めてコンサートに行くこと。そうした集会やデモやコンサートが禁じられた（あるいは自粛されてしまった）のです。

『ペスト』では、伝染病が拡大するなかでも、オペラ公演がおこなわれていましたが、コロナ禍ではそれも不可能になってしまいました。そうした状況下にあって、私たちに残された唯一の連帯の手段といえば、言葉にほかなりません。

私の職業は大学の教師ですが、コロナ禍以降、大学での対面授業は完全にできなくなってしまいました。それではどうしているかというと、いわゆる遠隔授業をおこなっています。デジタル・リテラシーに乏しい旧世代の私はケータイ電話ももっていないのですが、ひたすら学生たちに向けて授業の内容を書き言葉にして発信しています。学生たちも質問やリアクションをすべて書き言葉にして私に返してきます。しかし、以前おこなっていた教室のなかでのおしゃべりよりはるかに濃密に、個々の学生と言葉のやりとりがなされている印象があります。

要するに、コロナ禍のもとで、集会もデモもコンサートも奪われた私たちには、言葉が残されているのです。言葉こそ、連帯のための、ほかに替えがたい最高の媒体です。言葉を貶めるポスト・トゥルースとフェイク・ニュースの現代にあって、言葉を研ぎすまし、相互に言葉を交換して知恵を出しあうことこそ、連帯の基礎となる行為です。『ペスト』のなかで、鍋から鍋へ豆粒を移していた喘息病みの老人は、「どうせあの連中はいつだって同じなんだ」と吐きすてるようにいいました。「いつだって同じ」とは、オラン市民の大半が災厄の忘却を選んだことを指しています。

しかし、カミュはそうした人々を断罪してはいません。むしろ、自分もまたそうした「大衆」のひとりであることを自覚し、リウーやグランと同じく、凡庸であっても自分にできるささやかな仕事を果たすほかないと覚悟を決めています。そのカミュの仕事とは、書くこと、言葉にすることです。

仮にコロナ禍が終息したとしても、そこでの認識を言葉にして記憶に残すことが、私たちにとって最重要のことがらになります。この天災が存在したことを忘れないため、それと闘い死んでいった人がいることを忘れないため、忘却に抗うため。『ペスト』という小説のラストも、そういう認識と記憶のための言葉の力への信頼で結ばれています。

読書案内

◉カミュの著作

『ペスト』以外では、本書でも取りあげた次の二冊が必読の書物となります。

『異邦人』窪田啓作訳、新潮文庫、一九五四年

『シーシュポスの神話』清水徹訳、新潮文庫、一九六九年

ともに「不条理」というカミュの根本概念を扱った小説と哲学エッセーです。ただし、窪田訳『異邦人』には「不条理」という言葉は出てきません。カミュの原文で「不条理（absurde）」という言葉が出てくるのは、第二部5章のラスト近くですが、この言葉を窪田啓作は「虚妄」と訳しているからです。

また、『シーシュポスの神話』の新潮文庫版には、矢内原伊作による旧訳『シジフォスの神話』（一九五四）があります。これは語調はいささか硬いですが、独自のリズムをもった名訳で、清水訳より理解しやすい側面もあります。

『カミュ全集（全十巻）』新潮社、一九七二〜七三年

カミュがアルジェ大学に提出した博士論文から始まって、『反抗的人間』など、主な著作をほぼすべて読むことができるすぐれた全集です。現在は絶版ですが、インターネット上の古書店を利用すれば簡単かつ安価に入手することができます。この『全集』以外の本でも、現在絶版になっている本をインターネット上の古書店で探せば多くの場合、見つけることができます。

『カミュの手帖〔全〕』大久保敏彦訳、新潮社、一九九二年

カミュが三十年以上にわたって年代順に記した厖大な手記の集大成。訳注も充実して、カミュの作品に表れないアイデア、作品の構想、おりおりの随想、行動の記録などを読むことができます。人間カミュを知るための必読の文献です。

◉研究書・評論など

ハーバート・R・ロットマン『伝記 アルベール・カミュ』大久保敏彦・石崎晴巳訳、清水弘文堂、一九八二年

カミュの伝記の決定版。カミュの生涯を非常に精細に跡づけており、あらゆる資料を博捜し、数百人に及ぶ関係者の証言を集めて執筆されました。

オリヴィエ・トッド『アルベール・カミュ〈ある一生〉上・下』有田英也・稲田晴年訳、毎日新聞社、二〇〇一年

ロットマンの伝記をこえる大著で、ロットマンの記述から漏れた膨大な挿話を集めています。とくに、私的書簡の調査が徹底していて、生彩あふれる人間カミュのポートレイトを描き出しています。

高畠正明『アルベール・カミュ』講談社現代新書、一九七一年

日本人の研究者によって書かれた最初のカミュの評伝。分かりやすく簡潔にカミュという作家の全体像を示しています。著者は、カミュの作品の翻訳でも『カミュ全集』などで活躍し、初期のカミュ紹介者の筆頭に位置する俊英でした。

三野博司『カミュを読む　評伝と全作品』大修館書店、二〇一六年

カミュの主な作品を年代順に詳しく紹介し、この作家の創造の軌跡をたどっています。カミュを専門とする研究者らしく、細やかかつ正確な論述が特色です。各作品の筋立て（論議の推移）もよく分かるようになっています。

カミュ　略年譜

●一九一三年
一一月七日、仏領アルジェリアのモンドヴィ近郊で生まれる
●一九一四年
父、戦死。母、兄とともにアルジェに移住
●一九二四年
高等中学校（リセ）に給費生として入学
●一九三〇年
哲学教師ジャン・グルニエとの出会いをきっかけに文学に目覚める
●一九三一年
結核を発症
●一九三三年
アルジェ大学文学部入学
●一九三四年
シモーヌ・イエと結婚
●一九三五年
共産党に入党（三七年離党）、劇団「労働座」を創設
●一九三六年
大学卒業。シモーヌと離別
●一九三七年
エッセー集『裏と表』刊行
●一九三八年
日刊紙「アルジェ・レピュブリカン」の記者になる
●一九三九年
夕刊紙「ソワール・レピュブリカン」創刊
●一九四〇年
「ソワール・レピュブリカン」発禁処分を受けパリへ。リヨンでフランシーヌ・フォールと再婚

●一九四一年
妻の郷里アルジェリアのオランに転居。この頃、「不条理三部作」の戯曲『カリギュラ』、小説『異邦人』、哲学エッセー『シーシュポスの神話』完成

●一九四二年
『異邦人』刊行。『ペスト』執筆を開始するが結核が再発。フランス本国に渡り、南フランスの高地の村で療養と執筆に努める

●一九四三年
パリでサルトル、ボーヴォワールらと知り合う。パリに居を定める

●一九四四年
対独抵抗組織の非合法地下新聞「コンバ」の編集発行、記事執筆に参加

●一九四六年
アメリカに渡り、ニューヨーク、フィラデルフィア等の大学で講演

●一九四七年
『ペスト』刊行、ベストセラーに

●一九五一年
哲学エッセー『反抗的人間』刊行

●一九五二年
サルトルと論争、絶交。フランスの文壇で次第に孤立

●一九五六年
小説『転落』刊行

●一九五七年
短編集『追放と王国』刊行。ノーベル文学賞受賞

●一九五八年
グルニエゆかりの地、南仏ルールマランに家を購入

●一九五九年
夏頃から死の直前まで、自伝的小説『最初の人間』執筆

●一九六〇年
一月四日事故死、四十六歳

あとがき

すべての始まりは、NHKのプロデューサー、秋満吉彦さんの来訪でした。用件は、教育番組「100分de名著」でカミュの『ペスト』を取りあげたいので解説者として出演してほしいという依頼でした。

なぜ私に？　と問うと、秋満さんは、フランス文学者の野崎歓さんから、中条がいま『ペスト』の新訳にかかっているので適任だと思うと推薦されたというのです。野崎さんとは東京大学の大学院とパリ留学の時代から、かれこれ三十年以上の付きあいになるのですが、友人とはまことにありがたいものです。野崎さんの推薦だと聞いて、私は出演の決心を固めました。

「100分de名著」のためには、テレビ出演と並んで、テキスト（本書の元版）の作成が必要になるのですが、ある日、秋満さんに率いられたテレビ制作とテキスト編集のスタッフが勢揃いして私の研究室に現れ、『ペスト』に関して私がおこなう何時間ものおしゃべりを聞いてくれました。その談話があっという間にきちんとした原稿に変化して私のもとに届き、それに私が加筆・訂正したものが、テキストになったのです。

テレビの番組制作もそうでしたが、このテキストの編集・作成の効率的なすみやかさは驚異的で、それはまさにプロの仕事というに足る水際立ったものでした。私はいつも机に向かって孤独に仕事をしているのですが、このときばかりは、自分がなんだか大好きなハワード・ホークス監督の映画のなかのプロ集団の一員になったような興奮を覚え、『ペスト』の保健隊の人々が相互に感じたはずの〈連帯〉の気持ちさえＮＨＫのスタッフの人々に抱きました。〈連帯〉を主題とする書物の解説の仕事が、それ自体〈連帯〉の行為であるとはなんと感動的なことだろうと思ったのでした。

そんな楽しい仕事でしたが、何よりも貴重だったことは、翻訳のさなかにあって（まだその仕事は続いているわけですが）、作品の表面的な字面ばかりを追う単調な仕事を棚上げにして、『ペスト』という作品の小説的な面白さやその根底にあるカミュの思想について自分なりの考えをまとめるチャンスをあたえられたことです。

翻訳は、作者の書いた外国語の文章を、ともかくその皮膚の肌理《きめ》細かな触感を隅々までまさぐるようにして自分の国語に変えていく作業ですが、しばしばその言葉の迷宮に埋もれてしまって、背後にいる作者の思いや作品の骨格が見えなくなってしまうことがあるのです。

しかし、この「１００分de名著」の、一般読者にカミュの思想と『ペスト』の面白さの勘どころを説明する仕事を、まずはＮＨＫのスタッフに向けて肉声によるおしゃべりとしておこなっていくなかで、自分でも予想しなかったほど、自分の言葉が肉体のリズムと呼応しながら形をなしていくという実感がありました。孤独に翻訳をしているだけではけっして得られなかったはずの、開かれたカミュの『ペスト』の読解に向かうことができたという確かな手ごたえがあったのです。その肉体的な熱気のいくぶんかがこの本に反映していれば幸いに思います。

本書が「ブックス」版になるにあたっては、小湊雅彦さんの繊細かつ厳格な導きとご協力を得ました。その〈連帯〉に心より感謝いたします。

二〇二〇年七月

中条省平

本書は、２０１８年６月に放送された「ＮＨＫ１００分de名著」の番組テキストを底本として一部を加筆・修正し、新たにブックス特別章、読書案内などを収載したものです。

装丁・本文デザイン／菊地信義＋水戸部 功

編集協力／福田光一、湯沢寿久、西田節夫、小坂克枝

図版／小林惑名

本文組版／㈱ノムラ

協力／NHKエデュケーショナル

p.001 アルベール・カミュ（1947年）（©Bridgeman Images / PPS通信社）

p.015 アルジェのエコール・ノルマル準備クラス時代のカミュ
（最後列右から2人目／1931年）（©Bridgeman Images / PPS通信社）

p.049 1950年頃のオラン（©Bridgeman Images / PPS通信社）

p.071 1720年、ペストに襲われたフランス・マルセイユの人々を描いた絵画
（©TPG Images / PPS通信社）

p.099 カミュと「コンバ」の面々（1944年）（©Bridgeman Images / PPS通信社）

中条省平（ちゅうじょう・しょうへい）

1954年生まれ。学習院大学フランス文学科卒業。パリ第十大学第三期文学博士号取得。東京大学大学院人文科学研究科博士課程単位取得修了。現在、学習院大学文学部フランス語圏文化学科教授。フランス文学はもとより、映画や音楽、日本の漫画など、幅広い領域で活躍。『最後のロマン主義者――バルベー・ドールヴィイの小説宇宙』（中央公論社）、『映画作家論――リヴェットからホークスまで』（平凡社）、『文章読本――文豪に学ぶテクニック講座』、『反＝近代文学史』（共に中公文庫）、『フランス映画史の誘惑』（集英社新書）、『ただしいジャズ入門』（春風社）など著書多数。ほかに、ラディゲやマンディアルグ、バタイユ、コクトー、プルースト、ロブ＝グリエなどの翻訳も手がけている。

NHK「100分 de 名著」ブックス
アルベール・カミュ ペスト ～果てしなき不条理との闘い

2020年9月20日　第1刷発行

著者――――中条省平 ©2020 Chujo Shohei, NHK
発行者―――森永公紀
発行所―――NHK出版
〒150-8081　東京都渋谷区宇田川町41-1
電話　0570-009-321（問い合わせ）　0570-000-321（注文）
ホームページ　https://www.nhk-book.co.jp
振替 00110-1-49701
印刷・製本―廣済堂

Printed in Japan ISBN 978-4-14-081829-9 C0090

NHK「100分de名著」ブックス